當代名家

一本燦爛

廖玉蕙◎文　蔡全茂◎圖

目錄

和春天的約會

一雙讀者的眼睛

通往記憶的路

研究室之外

和春天的約會

天狗麵館

假日的中午，日本京都小鎮的街道，似乎沒有人煙，連車子亦無。我們從幾乎被櫻花淹沒的公園出來，一腦袋都還是驚人的粉紅駭綠。公園外的街道，乾淨沈默，除了家家戶戶門前栽植的彩色盆花喧鬧地爭奇鬥豔外，看不到其他。

很多的舖子都緊掩著門扉，我們站在潔淨的行人道上，東張西望。肚腹發出咕嚕咕嚕的抗議聲，大夥兒都同意，只要能找到可以果腹的吃食店便行，絕不再挑剔。託天之幸！眼尖的朋友很快用千里眼尋到三、四百公尺之外的一只大燈籠。

店名叫「天狗」的這家麵食專賣店，有著極簡淨的店面及陳設。日文及英文兼具的菜單讓我們在短暫的時間內即刻下定決心。當我們一邊等著食物送來，一邊瀏覽著三邊牆面懸掛的看似親朋題贈的文字及塗鴉時，忽然從門口湧進一大票顧客！這群男女各五人的組合，很快炒熱了店內的氣氛。還等不及我們的食物全送來，尚未進食的男人們已被桌上的啤酒攻陷，直入酒酣耳熱的境界，而女人也不甘示弱地不時爆出咯咯的笑聲。

操著台語低聲交談的我們，終於引起他們的注意。當我們結帳後，循序走出店門之時，我感覺到身後的喧鬧突然有了短暫的安靜。我回頭朝他們頑皮地說：「撒約娜拉（再見）！」

霎時間，所有人都綻開笑靨，像小朋友一樣，齊整地回答：「撒約娜拉！」

幼獅文藝二〇〇一．六

悠盪的人與負重的樹

沿著旗津海岸往前行，酷熱的太陽毫不留情地把我們鎖定。雙臂感覺幾乎被烤焦的灼燙；背上像是被雨水沖刷般的汗流淋漓；砂石趁隙偷襲我們的腳丫子；因爲風，我用手壓住帽頂，以防被吹走。海風夾帶著鹹濕的氣息，反倒給人增添幾分鬱熱的感受。悶熱的海灘邊兒，竟然還有人冒著太陽烤肉。一旁，戲水的遊客，有的忘形地相互潑水叫囂，有的逕自在沙灘上奔跑追逐。也許是過了狂飆的少年期之故，我只想趕快找個蔭涼的處所歇息，對這樣歡樂的景象非但不能感同身受，甚至對無所不在的烤肉遊客感到無比厭惡。

終於來到了旗津海岸公園的樹林區！遮天蔽日的高聳大樹，爲人們帶來大片的蔭涼。讓人驚訝的是，放眼望去，居然是一個又一個的彩色尼龍吊床。吊床被安置在兩株大樹間，床上舒服地仰臥著的人倒是不拘男女。人人瞑目假寐，狀至悠閒，感覺像是非常享受。波濤洶湧的海景隨著微風輾轉蜿蜒，到此地算是徹底平靜了下來。只是，這些忍辱負重的大樹，如果有知，是否也會有極度的心理不平衡感產生？

也許只是錯覺，
我似乎感覺它們正屈
身彎腰，不停地抗議
著：
「我受不了了！
求求你下來吧。」

微雨中的七號公園

星期日的夜晚，畫友們一起用過晚餐，有人提議到七號公園去聽一場演唱會，馬上引起熱烈的回應。出了餐廳，天空居然不作美地下起了毛毛雨。在片刻的踟躇後，大夥兒決定排除萬難，參與盛會。聽說是大大樹世界音樂協會所舉辦的「流浪之歌音樂節」，將有內蒙古歌曲的演唱，預期是一場非常另類的表演。爲了幫遠道前來的演唱團體加油打氣，有人刻意繞道超商，買了三頂雨衣，以實際的行動宣示力挺到底的決心。哪裡知道，一出了超商的大門，雨就識相地停了。

出乎意料地，七號公園內竟然不受天候影響地聚集了大批的人潮，扶老攜幼地，儼然嘉年華會的盛況。孩子在斜坡的草地上追逐遊戲，少年人三五成群地圍坐著吃著手

上的漢堡，大人們聚精會神地坐著聆聽。我們找了個正對音樂台的位置，鋪上新購的雨衣，便盤腿坐了下來。像天籟般的聲音彷彿從天而降，在七號公園內繞繚。女歌者的聲音極爲純淨，連說話都帶著音樂的節奏。觀衆們十分熱情，隨著音樂的旋律打著拍子，歌者因之演唱得極其專注投入。放眼看去，簡直是大唐盛世的再現。如果不是座中黃臉孔居多，甚至會誤以爲身處歐洲的假日音樂會哪！我忽然萌生了無限幸福的感受，也以身爲台北人而覺得十分驕傲，台北眞是個美麗的國際城市！

正當現場氣氛達到高潮之際，驀地！雨絲細細地飄灑了下來！非常神奇地，前方有志一同地開出了一朵朵的傘花，更多人則是像我們一樣地以非常快的速度穿上了雨衣，另有一些人則不受任何影響地屹「坐」如故，最讓人敬佩的，莫過於我們的兩位畫友仍舊振筆疾「畫」，將雨中的景致一一收入畫冊之中。有幾個意志不堅的人從群衆間低頭走出，臉上露出愧赧的表情，彷彿背叛了原先的山盟海誓。大部分展現義氣的台北人，非但沒有棄甲曳兵而逃，甚至在微雨中放送最熱烈的掌聲，現場氣氛因之 high 到最高潮。

音樂會在再三的安可曲中結束，人潮終於依依不捨地散去。

青年日報副刊二〇〇一．十．三

熱門的冰館

幾年前的一個午後，正當畫友們聚會聊天之際，從外頭回來的兒子，不知從何處提了一大袋的東西回來。他放到桌上，急急地說：「趕快吃，免得融化了就不好了！這是最近最流行的芒果牛奶剉冰，保證吃了還想再吃，我排隊排了老半天才買到的。你不知道，隊伍排得有多長！」

我打開來一看，不過是幾碗冰品而已，看他如此誇張的說明，不覺莞爾。外子笑著對眾人說：「不愧是作家的兒子，幾碗冰而已，說得像是從外太空帶回來的稀世珍寶。」

冰館
冰館

可能是天氣太熱了，那幾碗冰真的讓人印象深刻，每位畫友都讚不絕口！

從那之後，幾乎每隔一段時間，只要兒子在，畫友的聚會，叔、伯們總不忘請託他去買幾碗回來。有時，兒子騎上機車去了許久，卻提了別家的冰品回來，說是隊伍排得太長了，不耐煩等。我當兒子缺乏耐性，總齜牙咧嘴跟朋友賠不是。一回，畫友們在永康街吃過午餐，正在路上四處蹓達。忽然看到一群人莫名其妙地開始在一個關著門的店面前排起隊伍來了。我們莫知所以，趨前探問，正是兒子口中的那家冰館！朋友們吃冰的慾望似乎陡然被勾引起來，一發不可收拾。於是，未經任何商量地，大夥兒便也不由分說，跟著在馬路中間排

起隊來了。

是個有些悶熱的午後。說起來有些好笑，大太陽下，一群老老少少杵在那兒就等老闆開門做生意。許多路過的人，聽說之後，也和我們一樣，盲目地加入行列，才沒一會兒工夫，隊伍便蜿蜒了好長一段距離。老闆姍姍來遲，鐵門剛一拉起，顧客便識途老馬似地自行搬桌子、排椅子，甚至幫忙搭傘架。那天，我才了然，何以每回兒子銜命買冰，總是一臉的無可奈何！

其後，兒子當兵去了！畫友們再沒提過買冰的主意，我們也從此不再吃冰了。只是，每次打那兒經過，發現類似的人潮似乎從未間斷過，即使在寒冷的冬日也是相同的光景。只聽說，冬日的熱門冰品隨著季節已更換成草莓牛奶剉冰。可我再沒排隊吃冰的閒情逸趣了，我只是每每想起遠方的兒子，然後，靜靜地走開。

中央日報副刊二〇〇一．四．十三

宮川的櫻花

櫻花盛放的季節，我們結伴到日本的高山賞櫻。粉紅的、白的、紅的……目不暇給，我們彷彿落入一場醒不來的櫻花夢裡，終日恍恍惚惚地。

宮川的紅橋幾乎成了除富士山之外的日本圖騰！小時候，曾經對著月曆上紅橋邊的滿目櫻花痴痴若狂，如今目睹繁華似錦，仍覺似幻還眞！清澈的河水在繽紛色彩的環伺下，顯得格外安靜。

清晨時分，我們沿著河岸逡巡，正陶醉在一片粉紅駭綠之中，不小心卻走進了宮川的朝市。相對於無語的河水，朝市內的人聲鼎沸是另一種風情。賣菜的、賣小飾物的、賣當地特產的……低語詮解和高聲吆喝，聲音裡盡是小市民討價還價的生活掙扎。誤入桃源的我們，迅即加入「血拼」的行列，以彆腳的日語進行快意的

殺價交易。金質的貓頭鷹別針、精緻的皮製小丑木偶、顏色鮮麗的手染桌巾、樸素可愛的雙魚掛飾、圖案讓人愛不釋手的小布包、可愛的陶製咖啡杯……東張西望，恨不能統統搬回家去。

一干人，在朝市的喧囂中失散，終於在接近中午之時，不期而遇在街市末端一株熱鬧滾滾的櫻花樹下。大夥兒爭相展示「血拼」成果，不約而同露出了滿意的笑容。

假日的歡聚

爲了讓每星期日的素描聚會，有新鮮的活力，大夥兒決定配合我的演講地點——新竹國泰教育中心，遠征南寮漁港。畫友和家屬們都興奮莫名，爲著下星期日該到漁港的餐廳吃海鮮或自備食物進行室外烤肉活動爭論不休。浪漫的女人大多主張郊外踏青兼烤肉；相形之下，男人則務實多了，認爲既然到了漁港，理當大快朵頤，萬萬不該錯過生猛的海鮮。於是，兩相折衷，決定備上咖啡壺及茶具，在餐廳用餐過後，隨即找個空曠的原野，展開浪漫的下午茶時間，精美的點心之外，喝咖啡的喝咖啡、喜歡喝茶的喝茶。雙方的意願都得到適度的關照後，每個人都露出興奮又期待的笑容。

到了星期四，主辦演講的人員周到地前來提醒。因爲非常期待有一個愉悅的旅程在演講之後，所以，我笑著朝他說：「沒忘！沒忘！新竹嘛！對不對？我們的畫友

還決定配合我的演講，中午一起去南寮漁港吃海鮮哪！」

「啊！新竹？新竹？我們這次是在淡水！不在新竹啊！」

雖然在電話裡沒能看到對方的表情，但是由他頓時變得期期艾艾的聲音，也可聽出他的驚慌程度，我則張大了嘴巴、捏了兩三把冷汗。幸而畫友們好商量，幾個電話下來，便將行程來個大轉彎，轉進北方富貴角的富基漁港，海鮮和咖啡則依舊。當然，我也因之有了充分的心理準備，這樣糊塗的「南寮」笑話，一時半日恐怕「難了」，至少要再被取笑三個月以上。

雖然氣象預告海燕颱風即將直撲台灣，但是，天氣實在再適合郊遊不過了！大大小小共十六人在擁擠的漁港享用了兩桌草莽式大盤兼大碗的海鮮，車隊接著在蜿蜒的小路上奔馳，熟悉鄉野途徑的鳥人何一馬當先，在層層的梯田和溪流環繞間，我們找到了一處待耕的田地。有人鋪上準備的塑膠桌布、打開童軍椅；有人開始燒水煮咖啡和香噴噴的花茶；有人在桌布上擺上點心茶食；畫友們則打開畫本將大自然一一收納；鳥人何架上望眼鏡，耐心地教導孩子們尋找鳥兒的蹤跡；畫家雷伯伯則對有志追求畫藝的大女孩殷殷指點。咖啡的香濃在唇鼻間繞繚，入口即化的糕點在齒喉間遊走，風微微地吹，雲悄悄地飄，紅酒雖然只是淺飲，我們卻都有微醺的感覺，不自禁頻頻說道：「好幸福哦！我們。」

人間福報覺世副刊二〇〇一·十一·五

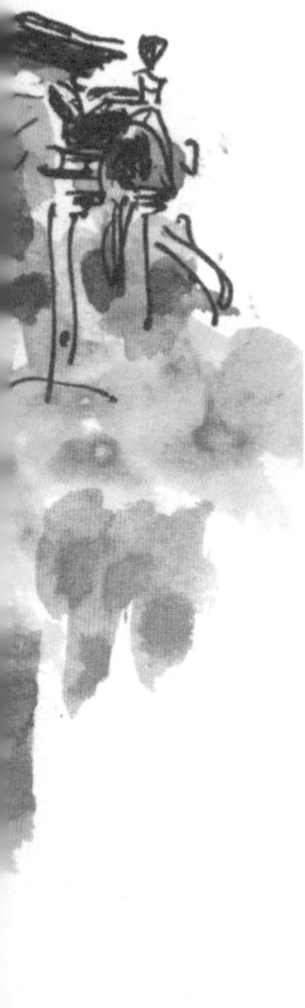

和春天的約會

每次的宜蘭行，總是充滿了欣喜。有山有水之外，更重要的，還有濃郁的友情。

宜蘭友人的熱情好客，是我們一再造訪的主因。朋友是一對對鄉土無可救藥的愛戀者，你可以對他們進行人身攻擊，但卻絕不允許說宜蘭的半點不是。說起宜蘭，他們的眼睛發亮、神情驕傲到極點，彷彿住的是人間仙境。宜蘭的米最Q、宜蘭的屋子最有造型、宜蘭的冬山河最清澈、宜蘭的公務員最有效率、宜蘭的人情最爲溫暖、宜蘭的……就算是宜蘭的醃蘿蔔都與衆不同。總而言之，但凡你想得到的人、事、物，在他們的嘴上、心裡，宜蘭都堪稱第一。雖然偶而爲此和他們抬槓，但私心裡卻爲著能有如此讓他們記掛、關懷的故鄉而著實感到又羨又嫉！

宜蘭多雨，奇怪的是，每回去宜蘭，總遇上好日子。朋友常笑言我們爲他們帶去了陽光！一行六人坐上租來的廂型巴士，朝山區開去。近處是新綠乍放的漠漠水田，遠處，一片霧靄濛濛，紅藍的小屋像彩色的火柴盒，錯落山腳；彎彎的河流盡處，隱約一座新橋橫臥，眞是好一派舒徐的景致！難怪友人急急邀約，深恐誤了和春天的約會。

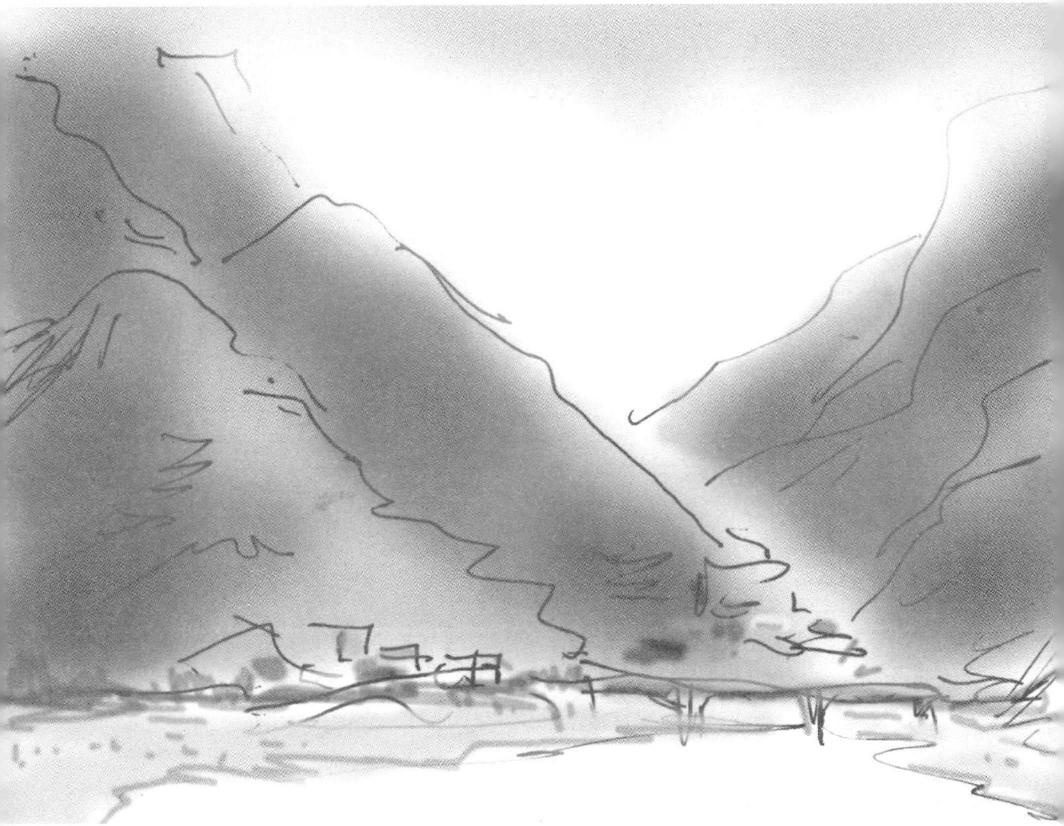

撿拾海菜的漁人

車子在淡金公路上急馳，蔚藍的天空上飄著朵朵白雲。透過窗櫺的隙縫，鹹鹹的海水味兒撲鼻直來。古人說：智者樂山，仁者樂水，眞是一些不錯！一望無際的海，不只給人帶來無限的想像，也在不知不覺間開闊了人們的胸襟。

海面十分平靜，只有從岩石附近激起的些許白色波紋稍稍看出流動的痕跡，遠望過去則是安靜遼闊的靛藍。驀然一片沙灘入眼，在岩石和岩石間，有六、七個佝僂的身影，一位男子夾雜在幾位婦人當中，我當是撿拾貝殼的觀光客，定睛一看，穿著打扮又似乎不像。我們停車借問，方知是撿拾海菜的漁人。翠綠的海菜點綴在海的藍和礁石的黑間，煞是好看！而穿梭其間的漁人暴露在陽光和觀光客的眼光下，就像一枚游魚，東採西撿，竟成爲

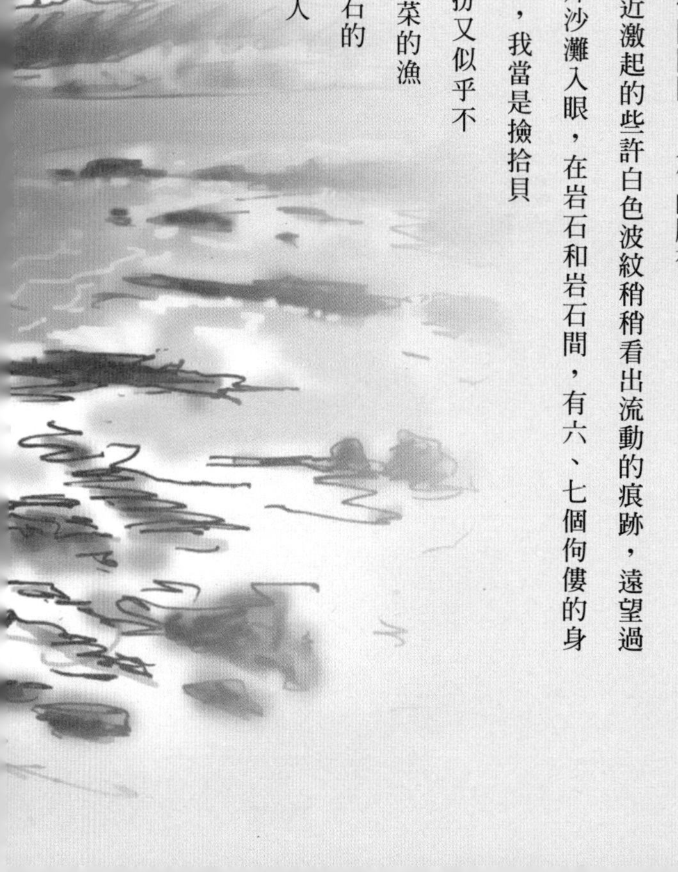

海邊最盡職的流動風景。

車窗隔絕了太陽、隔絕了沙灘，更隔絕了辛勞。坐在冷氣充足的房車內逼視辛苦工作的漁人，總覺於心不忍。於是，我們調轉眼光，驅動車子，繼續未完成的旅程。

炫人耳目的城市

站在人潮如織的紐約地鐵站內，心情惶惶然，不知往哪個方向行去，才能到達目的地。身旁的人漠然地來來去去，臉上一逕是匆匆的行色。我們手拿地鐵圖，兩雙眼睛正竭盡所能地在複雜交錯如蛛網般的線條間逡巡。驀然！一陣清亮優美的女音在熟練的吉他伴奏下悠悠繞繚。我們循聲過去，見到一位身著碎花洋裝的妙齡女子，在架起的麥克風前引吭高歌。原本喧嘩的車站大廳忽然安靜了下來，我們找了張長椅坐下，六〇年代的鄉村歌曲以極其緩慢的節奏殷殷流過耳膜，打在心上。

大廳裡，喝茶的、飲咖啡的、吃早點的、趕路的、談天的……無不放低了音量、放慢了腳步、調整了匆促的節奏，以配合多情美麗的傾訴。前方一位在大廳垃圾桶內翻找著食物且正將找到的剩餘漢堡吞進嘴裡的流浪漢，也不自覺地收拾起狼吞虎嚥的吃相，側耳聆賞起來。在歌聲暫歇的當兒，我和過往群眾一起上前投擲零錢以示激賞之時，赫然發現那位提著大袋家當的流浪漢也趨前投擲了一張五元的紙鈔！看起來比任何人都還出手大方。

麥克風旁，另有一個支架，仔細一看，架上排了好幾張的CD，原來還是一位灌過CD的歌者，難怪她歌聲圓潤、技巧純熟，而且儀態大方自然。幾首歌之後，她低下身子，開始收拾起來，手裡的鈔票厚厚一疊，顯然爲數不少。我也買了一張十元的CD，外子向她出示剛剛爲她所做的素描，她驚喜莫名，原先希望外子能夠相贈，隨即害羞地修正，表示非常希望擁有一張複製的作品。我們留下了她的E-mail，爲紐約之行結一個善緣。

8/14/01

女歌者將得來的紙鈔及錢幣揣進口袋，俐落地拎起打包得結結實實的行李，身手矯捷地往地鐵的出口奔去。人來人往的地鐵大廳隨即又陷入匆促的節奏及冷漠的氣氛裡，我們也重拾起置放膝頭的地圖，繼續研究上天下地般讓人眼花撩亂的行程，七路接A路，上樓梯轉九路，出地鐵，接M3巴士……啊！恐怖的紐約交通，我緊緊握住外子的手，唯恐稍有閃失，便如小津安二郎《東京物語》中的老太太所說：「這麼大的都市，萬一走失了，恐怕一輩子都找不到彼此了。」

幸運地，總算沒有迷失在紐約的街頭。回台後，我們依約寄去了女歌者的身影，那張CD則陪我度過好幾個恬靜的午後。那般清亮的歌聲，每每讓我不期然想起紐約的種種：擦身而過的冷漠與傾聽樂音的溫暖；百老匯熱鬧的歌劇與古根漢典雅的故居；曼哈頓高聳的樓宇與長島寬闊的院落；大都會博物館最前衛的藝術與唐人街最髒亂的市集；紐約眞是個炫人耳目的城市！

青年日報副刊二〇〇一・九・五

人神共處

到達富基漁港時，雖然已過了午飯時間，漁港內的餐廳，不拘大小，卻仍門庭若市，遊客像餓了幾天似地搶著座位，一波又一波的人潮扶老攜幼地殺進殺出。大批的海鮮被擺置在門口，水裡游的、桶裡跳的、被繩索綑綁的……五顏六色，尋常市場裡不容易見到的魚、蝦、貝、蟹，應有盡有，眞是讓人目不暇給。

市場內，放眼望去，盡是垃圾和污水。雖說夏日的悶熱業已遠颺，然而，日照下的市場仍難免陣陣腥臭。我們選購了足夠的海味後，被引領著至蜿蜒的小路盡頭，拾階而上，居然另有天地。同行的友人和店家交代了烹煮方式後，一行十七人便分據兩桌，團團圍坐。大盤大碗的，一道道的美味魚貫而上，煎炒煮炸樣樣不缺，老闆娘還豪氣地在菜價飆漲的當兒，慷慨奉送青菜一大盤。看來應是違建的鐵皮屋內，足足有十餘桌，廚房便裸裎在顧客的眼前，師傅汗流浹背地翻動著鍋鏟，煙霧繚繞中，幹練的老闆娘穿進穿出，連年僅十歲左右的孩子都

派上用場，紅撲撲的臉頰上晶亮的雙眼咕嚕咕嚕轉著，眼明手快地追著取飲料的客人收錢，忙得不亦樂乎。

對付過了飢腸後，我趁著友人去結帳的片刻游目四顧，發現在廚房和食客據坐的桌椅間，突兀地矗立著一間

小小的廟宇，門前猶自垂著蒙塵的紅布短簾！裡頭幾位神明正目光炯炯地注視著饕餮般狂吃的食客。我趕緊俯首反省方才是否因爲飢餓過度而失態，唯恐讓神明給笑話了去。趨前一探究竟，廟裡排排坐了好幾尊的神明，個個寶相莊嚴，並沒有被室外的珍饈引誘得不小心露出饞嘴的表情。抬頭掀開上方的布簾一看，原來是座福德祠！可怎麼一下子供奉了這麼多尊？全部都是土地公？抑或尚且有其他各路神明廁身其中？對神明素來敬而遠之的我，完全無法辨識其身分。低矮的廟門兩邊，彷彿貼著一副「白髮知老年，黃金賜福人」的對聯，下聯還被層層疊疊的貨品遮住半張臉。屋內的黯淡深沈和屋外的熱鬧喧騰頓時呈現鮮明的對比，恍惚間，神明似乎抬眼睨了我一下，我驚嚇得趕緊逃開了去，怕再稍做耽擱，神明就要被外頭的喧囂鬧得發狂，跳出來大聲喝斥：「安靜點，行嗎？」

青年日報副刊二〇〇一・十・三十一

作醮辦桌

居住八里的畫友邀請我們闔家去作客，他說：

「村子裡作醮，一齊辦桌，我們也訂了五桌，你們一定要來『逗鬧熱』！」

爲防下雨，家家戶戶都架上了遮雨篷，連綿成一片，感覺像是舉行婚禮一般。我們去得早，在八里海邊繞了一圈回來，正好趕上拜完的大豬公被運送回來。大人、小孩圍成一圈，睜大了眼睛看豬公的肢解過程。被飼養得肥碩無比的豬

公，軟趴趴地仰躺著，不知怎的，閉著眼睛的豬公卻總讓我感覺是露出無辜的表情。

接著上場的是辦桌的師傅們。身手俐落地，洗菜、切菜、配料、蒸煮……極其熟練地，幾個人默契十足地合作著。火旺旺地燒，鍋內的蒸氣騰騰地冒出，我們就在外燴的場域旁一邊見識師傅鏟、瓢齊飛，一邊津津有味地品嚐珍饈美味。不知何時起，我們開始拉開嗓門交談，這才發現鄰居的客人已開始大聲地爭唱起卡拉ＯＫ，瞬間，整個村落跌入高分貝的擾攘中，夜色因之顯得格外繽紛。

畫友的父親紅著臉來敬酒，說著「請多照顧」之類的請託語，我們也紅著臉和他頻頻解說著他兒子的傑出，不過，我相信大夥兒都沒十分聽清楚對方的言語，因為雙方其實都已步履癲狂。

那日，和我們一起前往的母親顯得萬分高興，不但原先有些虛弱的身子忽然顯示出意外的強韌，甚至原本十分健忘的她，臨走時，都沒忘了提醒我帶回主人所贈的分割完畢的一條豬公肉。

人體速寫

每逢星期日，外子的工作室裡，便會展開人體速寫。幾位繪畫的同好，集資請來模特兒，在斗室裡畫將起來。通常每位模特兒會來四個星期，每回三小時左右。類似的活動，實際上已持續多年。得空，我也會假張羅咖啡之名，過去湊湊熱鬧。說實在的，在我這個外行人看來，這其實是一件極爲無趣的行動。我常感到納悶，就一個女人的身體，擺來擺去，怎麼就畫不膩！這其中到底有什麼玄虛？

「女人的身體，線條變化繁複。不同的姿勢，就有不同的曲線變化；不同的模特兒，也有屬於各自的肢體語言。每次畫，都有不同的體會！基礎的人體素描如果熟練了，對畫人物是大有幫助的！而且，畫友之間相互觀摩切磋，也是很重要的。」

外子向我如是解說著，我似懂非懂，只好半信半疑地點頭。

對這樣的聚會感到好奇的人，不在少數。我的一位道貌岸然的老師甚至不懷好意地暗示這是女性被物化的具體證據。不過，更多的是按捺不住，想來一窺究竟的。對這些窺探的眼睛，我們總想法委婉拒絕，這是對模特兒的起碼尊重。

1999.4.7

一回，畫友一起到台中旅遊。我那些熱情的中部親戚，包括我的母親，極力挽留，希望畫友們能多住上一晚，以便接待得更爲周全。畫友L爲了婉拒他們的好意，開玩笑說：「不行的！明天，台北的畫室裡將有一位衣服脫得光光的女人等著我們回去哪！」

純樸的鄉下親戚霎時驚嚇得啞口無言！久久說不出話來。母親雖然也覺難爲情極了，卻奮勇跳出，以前衛的姿態爲尷尬的女婿解圍道：「聽講那是藝術哪！不是恁想的安捏啦！台北人攏嘛安捏，無人大驚小怪哪！」

中央日報副刊二〇〇一．三．九

過盡千帆皆不是

台灣省文學獎揭曉，主辦的高雄縣文化局愼重其事地舉辦了一場溫馨感人的頒獎典禮，特別邀請評審委員南下共襄盛舉。

每回到高雄，多半行色匆匆。總是由機場直奔演講單位，再由演講地點趕到機場，除了小港機場到高雄的幾條寬闊的馬路外，對高雄幾乎是毫無認識。這次，來聯絡地蔡小姐殷勤的邀約，並引誘我們：

「可以前一天就來，我們已經爲你們安排了住宿的旅館，你和先生可以乘機逛逛高雄！」

原本頗爲猶豫的我，被這麼一遊說，立刻決定和外子聯袂前往。

儘管決心放下手邊的工作，好好輕鬆地瀏覽高雄的風光，然而，等到安排好所有的閒雜事，飛到高雄時，已屆黃昏。我們在市區的街道中遊走，像一對從遠方來的觀光客，見到商店，便進去逛逛聊聊。不是星期假日，經濟不景氣見諸於若干過早打烊關門的商家。完全認不得路且對高雄全然陌生的兩人，隨興所之走走停停，經過幽暗的角

廣神百貨前
2001.9.29

落，逐漸往光明閃爍的地方行去。隨著行進的腳步，燈光一盞一盞地亮起來，亮在街道邊，亮在商家的霓虹燈上，也亮在我們的心裡。

人潮隨著燈光洶湧，不知不覺地，我們竟然擠身在摩肩接踵的人群裡。汽車的喇叭聲、交通警察的鳴笛及商家拍賣的吆喝聲，交織成太平盛世的高分貝熱鬧，我們的情緒也隨著這熱鬧而變得莫名的高昂。幾乎是身不由己地，我們被逛街的人潮簇擁著前進，舉目望去，青壯、婦孺、老弱，臉上無不洋溢著節慶的喜悅，然而，其實什麼節慶亦無，只是純然對生存的戀慕吧！我想。

高跟鞋和腳跟開始產生嫌隙，它們不約而同向我提出嚴重抗議！我們只好在百貨公

司內，找了家咖啡店歇歇腳。憑窗眺望樓下的世界，另有一番光景。夜色逐漸闌珊，行人亦逐漸散去。隔著窗玻璃，外頭變成一張無聲的圖畫。一位看似焦慮萬分的中年婦人，不時伸長脖子對著路的盡頭張望，卻似乎總是失望，這使我想起「過盡千帆皆不是，斜暉脈脈水悠悠，腸斷白蘋洲」的詩句，不禁也開始爲她著急起來！白慘慘的路燈下，婦人焦灼的背影，不知怎的，竟無端勾引起我想一窺她眞面目的念頭。我倉促付帳，拉著莫名所以的外子匆匆奔出咖啡館，下電梯、半跑著出百貨公司，赫然發現婦人已然失去蹤影。我悵悵然四下張望，只聽得耳邊廂外子疑惑的提問：「什麼……你看到什麼……你找誰嗎？」

太太和先生

之一　報廢汽車

爲了一部廢棄車，從一早起，先生就不停的打電話、找資料，和環保局、監理所打交道，全然顧不得和家人說話。太太和他說了幾回話，他都心不在焉，支支吾吾亂打發。太太氣了！抱怨道：「報廢的車子都比太太重要，太太的問題都不管，淨處理一部廢棄車，好奇怪！」

這回，先生可聽得明白了。他笑起來說：「從結婚開始，太太就有層出不窮的問題。反正，解決了一樁，又會有另一樁，永遠沒完沒了！不像廢棄車，到環保局報廢就算解決！比較有成就感。」

之二　丟垃圾

從外頭回家，才到巷口，便聽到另一頭彷彿傳來垃圾車的音樂。先生來不及打聲招

呼，逕自匆匆棄太太而去，半跑著上樓回家取垃圾。太太看他氣喘吁吁的上下樓，深慶沒嫁錯人，幫忙做家事的先生讓人感動！

沒一會兒工夫，先生匆匆上樓，語氣急促地催促：「快！快！摩托車鑰匙。沒趕上垃圾車，我得騎摩托車去追！」

拿了鑰匙，他像踩著風火輪般，一溜煙不見了。太太坐在客廳裡，想著，想著，竟然有些悵惘起來。不懸踵間，先生上樓來了，手裡空了，臉上掛著滿意的微笑。太太忍不住抱怨道：「幹嘛那麼急！沒追上就沒追上嘛！我怎麼就從來沒看過你那麼認眞追過太太！難道我還不如那些垃圾！」

先生楞了一下，不疾不徐地回說：

「話可不是這麼說的！太太一時之間還不至於腐敗、發臭，垃圾可不同啊！」

之三　發號施令

太太坐在沙發上，翹著二郎腿看電視。廣告時間到了，太太環視四周，問打從前面經過的先生：

「電視遙控器呢？擺哪兒？」

先生四下翻找，終於在另一張沙發的隙縫裡找到，遞給太太。太太接過遙控器，東按西按，始終沒找到滿意的節目，索性關了電視。

「無線電話呢？你看到沒？」

太太問正看著報紙的先生，先生從報紙堆裡

抬起頭，左右看了看，沒有發現，只好站起身到裡屋察看。一會兒，高興地說：「找到了！在書房內！……是誰拿進去的？」

太太取過電話，撥了號，不通。拿過報紙，又說話了：「啊！誰知道我的眼鏡放哪兒了？眞糟糕！一輩子都在花時間找眼鏡！」

先生剛要坐下，正好看到電視機上方的眼鏡，順手取過，正要遞給太太，忽然想起什麼似的，朝伸過手來的太太說：「欸！有人從剛才到現在，屁股都沒離開過沙發，只會發號施令哦！」

太太露出不好意思的表情，低頭慚愧地笑了！然而，看到先生往廚房內走去，又忍不住怯怯地說：「如果你從廚房出來，主動順便幫我帶一杯溫開水過來，這應該不算是我發號施令吧……你說，是不是？」

一雙讀者的眼睛

清晨的牧羊人

熱誠的宜蘭友人，在我們抵達的夜晚，便預告次日清晨的節目，除賞鳥之外，將帶我們去看一位特立獨行的牧羊人。

「只是不知道你們這些台北來的夜貓族，明天早上起得來嗎？」

或者是被主人猶疑的語氣所激勵，包括我在內的四位訪客，不約而同誇下海口，卻也在次日同時應證了「輕諾則寡信」的俗諺。等我們起身時，太陽已然高掛。估計牧羊人或者業已歸去，我們只好高舉「乘興而來，興盡而返」的旅遊守則，聊自解嘲。沒料到，牧羊人竟然像是配合我們的行程般地，亦延後了他的牧羊行。在薄薄的晨光中，戴著斗笠的牧羊人和他的羊群竟在完全不預期中出現眼底。原已不抱希望的一群人，忍不住高聲歡呼起來。

初春的冬山河畔，綠草如茵。漠漠的水田中，是徘徊的天光雲影，遠處的天空澄淨蔚藍，不時有各種不知名的鳥雀飛掠而過。牧羊人就在像圖畫般的小道上，緩緩地踽踽獨行，他和他的羊群就像大自然的一部分，渾然無間地交揉成蘭陽平原的風景。約莫十

餘隻的羊兒，閒散地四處尋找食物。純白的、純黑的、褐色的、黑白交雜的……前後的距離不下幾十公尺。有的藏身草叢間安靜地嚼食；有的口裡嚼著草食，一路咩咩地慌慌追逐；有的則逕自優雅地游目四顧！看到我們的出現，羊兒並無特殊的反應，想必早已習慣觀光客好奇的眼光。牧羊的老人亦是一派悠遊，黑衣黑褲，肩上揹著一只布袋，腳上趿著塑膠拖鞋，手拿一枝未經修飾的竹枝，兀自沈默地走在前方，只偶然略微回顧一下，便又放心地往小道的盡頭行去。

陽光越來越強，水氣逐漸散去。同行的友人架起看起來十分專業的望遠鏡，尋索遠方的鳥跡，老神在在的白鷺鷥、認眞覓食的小鶺鴒，鏡頭裡的世界鴉雀無聲，鏡頭外的我們卻被造物的神奇勾引得嘖嘖稱奇。等我們的眼睛從鏡頭上移回時，才發現不知何時牧羊人和他的羊群業已消失無蹤。

中央日報副刊二〇〇一．三．二

一雙讀者的眼睛

電鈴響起時，我正低著頭處理濕淋淋的頭髮。順手拿起放在置物架上的手錶，瞧了一眼，九點十五分！這麼晚了，有誰會來按門鈴呢？我放大嗓門，高喊：

「看是誰來了？拜託！我在洗頭哪。」

外子從裡屋半跑著出來，我聽到他開門的聲音。沒一會兒工夫，外子在浴室外跟我說：「你能出來一下嗎？有人找你。」

不知道是何方神聖？我慌忙拿毛巾將未乾的頭髮往後包起來，一邊抱歉地說：

「對不起哦！我正洗著頭哪……你是？」

大門外，站著一位年輕的陌生女子。她揚著手上的一封信，緊張地有些結巴，說：

「我是您的鄰居！也是您的忠實讀者。今天，郵差將您的信誤投到我們的信箱內。我看到您的名字，才知道您就住在我們的隔壁……好興奮！本來想將它投進你們的信箱內，又不甘心。好不容易有個理由接近心儀的作家，機不可失，所以特地送信來……您的文章，我是每篇必讀哦！」

我飛快打量了自己，恨不能立刻縮回身子。這麼邋遢的模樣，居然出現在一位仰慕者的面前！怕要讓她失望透頂了。聰明的作者，若不能以光鮮亮麗的姿態出現，就該保持神秘，不輕易以眞面目示人才對。如今，看起來一切都晚了。讀者走了！我悵然若有所失。

次日黃昏，我在向晚的廚房裡炒菜。猛一抬頭，竟然看到廚房窗口對面的人家，彷彿有人在幌動的窗簾後走動著。我當下心裡一凜！昨日前來投信的讀者不就住在那個屋內麼？那麼，我每日蓬頭垢面、邋邋遢遢在廚房內洗菜、做飯甚至罵人的怪模樣，不都一一入了她的眼內？而經過昨晚那一照面，她必然已聯想起來，也許，長期以來從所閱讀的我的作品中所積累起來的好印象，已在昨日那一聯想中，迅速崩毀亦未可知！她必然已經

充分領悟從作品所建構的作者形象是多麼的不可靠了吧！這一想，非但讓我感到沮喪極了，甚且在其後的每次做菜時感到極度的不自在，彷彿對面的窗口正潛藏著一雙偷窺的眼睛。

然後，每每在一個不經意間，會突然和隔壁的讀者在某個轉彎的街角邂逅，或湊巧地和她同在巷口的麵攤相逢，她總是興奮地和我熱烈打招呼！而我總是不停地爲自己的不修邊幅感到悔恨。悔恨過後的一段時日內，我會努力修飾容顏，在每一出門的時刻，讓自己顯得俐落、光彩。奇異的是，刻意修整過後的我，好像總不容易看到她，而我只要稍一鬆

懈，便落得必須落荒而逃的命運。不管是站在廚房，或出了家門，我一直在提防著一雙讀者的眼睛。

自從知道鄰居住著我的讀者後，我從此失去了眞正的自由。

青年日報副刊二〇〇一．十一．十

回家的路

屋前的小巷在三年前被拓寬爲大道，原先座落馬路另一邊的住戶，大部分都遷徙到板橋、三重等都市邊陲地帶去了，只有少數幾戶守著面積被拆得所剩無幾的屋子，繼續湊合著度日。相較於四周新蓋的樓宇，小屋顯得殘破剝落。破舊屋中住的多半是老弱婦孺及謀生能力欠佳的都市邊緣人。

每日，我橫過馬路去開車上課，經過這些屋子時，常在不經意間瞥見他們寥落、刻苦的家居生活。幽暗的斗室內，業已鬆脫的老舊籐椅、搖搖欲墜的餐桌和長年擱置其上的菜餚，幾乎是他們共同的特色。一位精神顯然異常的婦人，不定時地大肆咆哮，彷彿正和什麼人吵著架似的。起始，我以爲是哪一個家庭的夫妻爭吵，聲色之厲，總使我擔心吵架之後是否會繼之以流血事件。一回，我行經之時，才赫然發現，婦人只是向著無人的巷道詬罵，並無特定對象，這不由讓我想起孩提時期村落道路上指天畫地、喃喃自語的瘋婦。我錯以爲那樣的時代已然過去，豈知到如今還有人任憑精神異常的家人四處遊走！

其後，陸續聽說婦人也有丈夫、兒女。雖然，婚姻的締結是一場女方親戚的聯手騙局，然而，發現受騙的丈夫僅默默承受，並無激烈如退婚等的抗議。瘋婦生的一兒一女，天眞可愛，甚受鄰居的憐惜。我偶而會在下課返家之際，和他們在路邊擦身而過，他們總露出光燦可愛的笑容和我打招呼：「阿姨好！」有一回，我停住匆促的腳步，和他們一起尋找一群螞蟻的蹤跡，約莫四五歲的男童，還抬起頭痴痴問我：

「螞蟻也要回家了嗎？牠們知道回家的路嗎？」

伶俐的口齒、清秀可人的樣貌和不無遺憾的遭際，教人思之心疼。下著雨的午後，幾次看到一雙稚齡的兒女默默跟在她的身後行走，雨勢雖然不大，然而，一時半刻下來，也足夠讓頭髮、衣裳盡濕，總要好心的鄰人幫著引領回家。據說，也曾將伊送去療養院，卻吵鬧不休，未肯待下。心疼的丈夫不忍心，只好將她原車載回。回家的路好長，她一路啼泣不止，直到見到兒女後，方才歡然綻開笑靨。

「是母子連心吧！再是瘋癲的人，恐亦難抵血濃於水的親情召喚吧！」我如是揣測且嘆息著。

山路上的攤販

每一條通往山上的道路邊兒，總會有各色賣山蔬、花果的攤販，有的矗立著花色大傘，有的搭蓋著簡單的遮棚。主人多半懶洋洋踞坐攤位後方，等候顧客主動上門。

每回到山上泡溫泉或賞鳥過後，我總喜歡在回家的途中，買一些當地特產的花果蔬菜。多半是黃昏時分，經過了一整天的嬉樂，忽然想起主中饋的任務，竹筍、高麗菜往往是晚餐的最佳選擇。當汽車放慢速度，一路尋索之際，這些原先懶懶守候的攤販主人憑藉著職業的敏感度，往往立即振作起來，奮力招手吆喝。過路的遊客，猶自沈浸在酣甜的暢快情緒裡，對價碼的居高及貨品的新鮮度常常因之失去警覺性，往往在回家後，面對迅速發黃的蔬菜時，才又猛然想起觀光區商人的求售伎倆或前次上當的後悔心情。

有幾次在山路上買花的經驗。往往是遠遠就被五顏六色所吸引，忍不住下車，瞬間便愛

上桶中盛開的花朵。老闆總會好心地提醒你，一旁含苞待放的，持久度會高些。對老闆的好意感激涕零之餘，對價碼的挑剔往往相對放鬆。然而，這些看似精神奕奕的花朵，下到山下之後，幾乎沒有一次倖免的，都立刻失去求生的意志。有人告訴我，花朵先前的精神只是假象，端賴花農噴浸的興奮藥水支撐。我不大願意承認人性的惡質，寧可相信，花兒是因為失去涵養的山靈水氣而導致自暴自棄，之所以迅速凋萎，全係思鄉成疾。朋友呵呵笑說：「你呀！老嘲笑我過度浪漫！你這才眞叫『浪漫』啦！什麼思鄉成疾，眞虧你想得出來！」

靦腆的餐廳師傅

餐廳的生意眞的很清淡。打從我們進去到離開，只有兩位男士進去用餐。雖然如此，餐廳的排場卻絲毫沒有打折扣。從頭到尾，幾個接待人員一點也不敢懈怠地招呼著。儘管點的是店裡最便宜的商業午餐，熱毛巾、熱茶及小菜，依然井然有序地上來。

生意眞的很清淡。因爲沒有其他顧客，我們的到來讓他們精神一震。幾個 waiter 及 waitress 露出笑容，相繼過來問好。爲著這樣的禮遇，我幾度猶豫著是否該改變主意，點一客店裡的招牌排翅以報答盛情。外子最知道我容易感動的弱點，低聲提醒我：

「吃魚翅妨害保育！別忘了。」

我有些後悔走進這家以魚翅聞名的餐館。然而，天氣實在太熱了，方圓幾百公尺之內，似乎都沒有其他可以落腳的餐廳。原先是打定主意只吃商業套餐的，點完套餐後，女服務生仍杵立著，微笑地問：「還需要點些什麼嗎？」

雖然明明知道夏天點餐得特別注意衛生，這時只好加點一客生魚片。店裡沒有其他顧客，好像我們得多少負些責任似的。

在等待的時刻，外子取出速寫簿，看著窗子外頭的餐廳師傅，在白紙上塗抹起來。因爲生意很清淡，服務的小姐、先生們很快便注意到外子的動作。一傳二、二傳三，大夥兒紛紛過來仔細端詳。被當作目標的師傅也幾乎在第一時間內由同儕的轉告得知自己成了畫布中的主角，霎時間，原先慢慢切著燻鮭魚片的手腳驀地變得俐落爽快而富於節奏起來。

「很像哪！」

儘管畫的只是背影，服務人員還是很捧場地讚美著。

用餐接近尾聲之際，店裡總算又來了兩位男士。我特別留意他們的食物，幸而是昂貴的魚翅餐！我內心有著如釋重負的慶幸，這麼大的排場，僅這麼點兒客人，收支如何達到平衡？何況又遇上了我們這麼小器的顧客！我們應該感到慚愧的！

窗外背對著我們的師傅，不知畫簿已在餐點上桌之際被收拾起，仍舊奮力而起勁地表演著，足足切了一盤又一盤的燻鮭魚，我擔心他是不是切過量了！

付過帳，走出大門。門外一缸魚蝦被活生生地拘在狹小的空間內，動彈不得。我好奇地過去探看，一位女服務生笑著對外子說：

「可不可以讓我們師傅看看你畫的圖？他很好奇自己被畫成什麼樣子哪！」

外子急忙翻出畫本，展示方才的作品。我促狹地問師傅有何感想，師傅紅著臉，文不對題地回說：「啊！幸好不是正面！」

青年日報副刊二〇〇一．九．十

卡車上的歌手

從民權東路的大賣場出來，一位禿頭的司機立刻迎上前來招攬。是位開朗健談的司機，和氣多禮，先是稱讚我們所購買的麵包味道香甜，繼之徵詢我們對回家路線的意見：「你們有指定的習慣路線嗎？還是全權交給我來決定？」

對如此尊重顧客的司機，我們當然釋出全權服膺的善意。車行過民權東路大橋後，一盞紅燈讓車子停在內側車道上鵠候。前方是一輛中型卡車，卡車上，除了堆積的袋狀物之外，還坐了位堪稱俊美的年輕男子。男子居高臨下，面對我們。也許是無聊吧！男子忽然將手蜷曲成握麥克風的模樣，舉在嘴巴前方，做出演唱歌曲的姿勢。司機笑著朝我們說：「你們看！他正唱著日本歌哪！」

日本歌？何以見得？隔著密閉的車窗，其實是完全聽不到他的聲音的。司機語氣篤定地說：「看樣子就知道了！我對歌唱很內行哪！」

綠燈亮了！湊巧的是，卡車的路線竟然和我們相同。一路上，那位俊美的男子唱得忘形，表情生動，彷彿十分爲自己的歌聲感到陶醉。我們一路尾隨，看得是目瞪口呆！

男子一首接一首地唱著，招得我們好不開心！至於他到底有無覺察到我們的窺伺，我們則無由得知。因爲，我們在車內笑得幾乎岔了氣，他卻全無反應，一逕對著虛擬麥克風賣力演出。

「一定是即將參加歌唱比賽，所以，獨自練習著吧！」我們異口同聲認定著。

卡車終於在建國南路和仁愛路交叉口和我們分道揚鑣，我們看到他的最後一眼是彎腰鞠躬致謝的姿勢，大夥兒不約而同笑彎了腰。

被遺忘的老人

正端坐窗邊的電腦桌前，憚思竭慮為著專欄文字傷腦筋。忽然救護車的聲音從遠而近，彷彿在附近停駐了下來。緊接著似乎有人跳下車，大聲吆喝著：「是三號吧？三號在這邊！」

我好奇地扳開百葉窗的葉片，從四樓往下看，擔心著鄰居的老先生是否身體違和，竟得勞駕救護車，顯然情況危急。救護人員從車子的後門搬出擔架，訓練有素地直往三號的屋內奔去。不一會兒工夫，又迅速地半跑步地衝出，擔架上多了個人。我仔細看去，竟然是個婦人，並非我先前認定的老先生！我稍稍放下了心，心裡卻納悶起來。據我所知，屋子的女主人早就移居海外，身為退役中將的男主人，偶而仍會在不經意的午後照見，老先生則是將軍的老丈人。那麼，這個躺在擔架上的女人會是誰呢？其實，救護車已非首次出現。上回是在一個沒有月亮的深夜，救護車驚心動魄的鳴聲在巷內呼嘯進出，尚未就寢的我，也曾趴在陽台欄杆上向下一窺究竟，只是闃黑的夜深，怎麼也看不清擔架上的人影，我理所當然地認定是年紀最長的老丈人，看來是個錯誤的認知。

救護車揚長而去，留下了一個無解的疑問。次日，我終於在社區消息傳遞權威的美容院裡得知老丈人老早被送進了老人院裡，是因病抑或其他的什麼理由則不得而知，怪不得有很長的時間都沒聽到他中氣十足的咆哮聲。說實話，作爲他的鄰居，是需要一些動心忍性的修持工夫的。我們剛搬來的沒幾天，就爲了一些細事，他隔空對我們大肆咆哮，把我們嚇得不知如何是好。其後，無論是白天或深夜，經常聽到他聲如洪鐘的詬罵，對家人、對鄰居、對郵差、對把車停在他家門口的路人，甚至對他們自己所豢養的狗兒。約莫八十餘歲吧，是個相當勤快的老人，常常看到他拿著長掃把畚

力和屋前的落葉拼鬥，提著大包小包的垃圾追趕垃圾車。有一回，外子倒完垃圾回來，沮喪地對我說：

「看老先生提著好重的垃圾，想幫他一點忙，他卻似乎一點也不領情。」

這樣一位看似精力充沛、虎虎生風的老先生，曾經讓鄰居如此記憶深刻地不能小覷的生命力，卻也在不知不覺間讓眾人給遺忘了！如果不是那部救護車的出現，我可能再不會想起這樣一位眞實存在於周遭的老人。人類遺忘的本事，讓人情因之顯得澆薄。然而，從另一個方向思考，這樣的迅速遺忘是否也正是多情的人們應付人生無常的最佳利器呢？我不禁要俛首沈吟了。

人間福報覺世副刊二〇〇一・十一・十

東門市場的鵝肉販

東門市場裡有一位個人色彩非常鮮明的鵝肉販，約莫四十歲左右，雖然長年以萬分不耐煩的神色揶揄著顧客，卻仍是門庭若市。曾經有一段寒冷的冬天，他忽然改弦易轍，開始賣起羊肉來了。或許是羊肉腥羶，青睞者少，一段時日後，他又回到賣鵝肉的本業。多年前，我在報紙的副刊上曾對他的特異舉止做過一番描述。次日，去買菜時，馬上有賣菜的同行壓低了嗓子告訴我：「賣鵝肉的那一個人，給人寫在報紙上面哦！」

我嚇了一跳，也壓低了聲音問：「知道是誰寫的嗎？」

確定行藏幸未暴露，我若無其事行經他的攤位。正好有一位年輕的婦人出手去翻閱他前面的鵝肉，對他的習性知之甚詳的我，忍不住提醒她：

「啊！你莫要摸他的鵝肉，他最討厭人家用手摸他的鵝肉！」

鵝肉販像是遇到知音般，抬起下巴，既高興又驕傲地補充道：「是呀！你是不曾看過報紙嗎！」

其後，他引我爲知音，對我的態度有了一百八十度的大轉彎。也或者是因爲經濟不景氣，買鵝肉的人越來越少，他主動調整了倨傲的態度，偶而還會和顧客搭訕起來。一日，幾乎沒什麼顧客，他將鵝肉切好，眼睛看著我，對著做最後包裝的兒子說：「囉！給那個國民黨的。」

我笑問他，怎麼確定我是國民黨的？他睨著我回說：「憑那種國語，去到叨位，大家攏嘛知！」

我啼笑皆非，開始以道地的台語和他交談，他搔搔頭首度露出謙虛的笑容承認他的認知錯誤。他開始對我大感興趣，問明了我的職業後，馬上想套出我的收入。我笑著回說：「安怎？我如果收入太少，你要補貼，是莫？」

他誠懇地告訴我：「不是啦！我從來不曾有大學教授的親戚，對這種職業很好奇啦……啊！你莫煩惱啦！我不會給你借錢啦！」

我哈哈大笑，隨口說了個大約的數字。他聽了之後，竟然教訓起我來，說：

「莫怪共匪仔一日到晚想要打來，像你一個月領這尼多錢，今日也不是禮拜時，還佇外口亂亂趖！」

前一陣子，他的攤位，忽然由街道的右邊挪到左邊，我聽到有人問他搬遷的理由，他大剌剌地回說：

「安捏，要反攻大陸卡近啊！」

中央日報副刊二〇〇一．四．二十

小小棋迷

候機室裡，有一種奇特的氣氛，等待飛往遠方的心情，既興奮又惆悵。牆上三部電話機全被依依不捨的離人佔據，一位母親猶自在電話中殷殷叮嚀家中的稚子聽話；一位穿著典雅的中年男子似乎還正向秘書交代著工作進度；最可憐的則是一位學生模樣的年輕女子，摀著電話筒泣不成聲，我猜測電話的那端或者是位她所鍾情的男士。另一個角落，幾個像是結伴到紐約自助旅行的女子則興奮地嘰嘰喳喳說個沒完，其他人，不是閉目凝神，就是坐著發呆。

坐在我們旁邊的一家四口，除了沈默寡言的爸爸外，顯

然都是象棋的愛好者。媽媽沒有遵守「觀棋不語」的信條，左右開弓地企圖指導一對年齡有些差距的兄弟。兩個孩子對媽媽的熱心沒有顯示不耐煩，倒像是習以爲常了，只是根本不予理會地兀自隨著個人的判斷走著棋。不過是翻棋、吃棋的簡單暗棋罷了，三個人卻下得虎虎生風，熱鬧非凡。孩子的父親像個沒事人似的，對其他三位家人未加聞問，一逕看著手上的雜誌。小弟弟非常好強，絕不肯在輸棋的狀況下結束棋局，儘管機場的擴音器已經開始催促上機。

後來，到底是不是待到弟弟贏棋才上機，我已無法查考。不過，一家人總算在最後關頭出現在我們身後的位置上。行李尚未放置妥當，小弟弟已經又擺開了陣式，準備迎接挑戰。母親和哥哥相繼應戰，直到體力不支，二人哈欠連連、不斷討饒，棋局才在深夜偃旗息鼓。我則因爲接受他們過度的疲勞轟炸而精神幾近崩潰。

飛機在安克拉治作一小時的停留。

下機的那家人，彷彿機器人似的，重複著中正機場候機室的模式，先生看書，其他三人殺伐之聲不絕於耳。小弟弟玩得興致高昂，甚至整個人忘形地趴到地上。

「不行，我不要翻這個……我要換這個。」

「你好笨哦！誰叫你翻這個，殺得你片甲不留！」

要賴、回手、咒罵，小弟弟的棋品顯然不佳，哥哥則忍辱負重，任憑弟弟爲所欲爲，從不反唇相譏，顯示了極佳的修養。奇怪的是，作父母的對這樣的狀況似乎也沒覺得有任何不妥。

我覺得疲累極了！再不願聽到任何相關的言語，刻意避到遠遠的地方，讓受到嚴重侵擾的耳根得以稍稍歇息。外子若有所思地朝我說：「有沒有想起爸爸……那種對下棋的熱衷，是不是跟爸爸很像？」

我鼻頭一酸，險險掉下淚來。或者因爲愛屋及烏之故，抬頭望去，那廝殺的背影竟不再讓人厭煩，反倒萌生起幾分莫名的親切感。

青年日報副刊二〇〇一・九・十九

榕樹下的和尚

夏日的午後，熱氣蒸騰。半山腰上的禪寺，充滿知了聲嘶力竭的吵架聲。約莫午後一點左右，連神明都似乎露出了慵懶的神情，倦倦盤坐，一副不想搭理閒人的模樣。

雖無宗教信仰，仍秉持敬重諸神的初衷，我合十禮敬，和不知名的神明作簡單的交談後，離開大廳，往外行去。除了聒噪的知了外，禪寺內外彷彿淨空了般，看不到人蹤。我找了一處蔭涼，取出袋中的書本看將起來。

白雲悠悠，晴空萬里；坐在沁涼的石椅上，我翻閱著一本名爲《光草》的童書，細細品鑑書中澹定悠長的親子之情和凝眸注視生死的勇氣。偶一回眸，忽見二十餘公尺處的大榕樹下，不知何時竟坐了一位穿著僧衣的和尚。那光景，似夢還眞。馬上讓我聯想起黑澤明拍攝的《夢》，滿目桃林中，諸神翩翩起舞。而和尚只是坐著，土黃色的僧服在光線的照耀及蓊鬱綠葉的襯托下，顯出熠熠的光彩。奇怪的是，天氣很熱，長袖長衫著身的他，卻反倒給人清涼無汗的感受。仔細一看，他的脖子上似乎還垂掛著一只袋子，想是化緣累了，到此稍事休息吧！

他就那樣坐著，安安靜靜的坐著，不知想些什麼；而我也和他一樣，安安靜靜地坐著，揣想著：他到底在想些什麼？

俯首斂眉的少婦

午後郵局裡，顯得意外的擁擠。顯示的號碼燈猶然停留在七十五號，我卻已然抽出了一百一十五的數字，十幾個作業的窗口前及一向空曠的大廳都充滿了不耐煩等待的臉孔。本想掉頭回轉的我，經過五秒鐘的猶豫，決定還是留下來慢慢等候。

郵局分成左右兩邊，右手邊是郵寄部門，左邊爲存取款部門。耐人尋味的是，本以寄送郵件爲號召的郵局，不知從何時起，郵寄似乎成了附帶任務，金融壽險、存放款業務反而無限坐大，這可由窗口業務的分配比例得到證實。

我乘隙找了個椅子坐下，將桌上不知誰遺留下來的報紙翻閱再三後，無聊地游目四顧，發現右前方的那位穿著像是從外地來的婦人的舉止似乎有些與衆不同。在盛夏裡，大夥兒的穿著總是十分清涼，若非無袖，也是短袖，她卻穿著呢料的背心和長袖的襯衫，更引人注目的是，她整個人似乎全無危機意識，左手腕上掛著一把黑色的雨傘，左手高舉著一串鑰匙和一本夾著大把鈔票的存摺，右手擱在報紙邊緣，低著頭似乎正專注地看著報紙。我幾次起意想提醒她將鈔票收藏起來，免得露白，引起不必要的麻煩，卻又隨即打消了念頭。滿屋子的人，約莫歹徒也是不敢輕舉妄動的吧。不過，將大把鈔票高舉的動作不免有些奇異，從左後方角度觀察，除了一個盤在腦後的漂亮光整的髻之外，是看不到她的容貌的，當然也無由辨識她的年齡。我好奇地特意繞到前方，發現她穿的棗紅呢背心前襟上繡著白色的花朵，顯得十分醒目，而她俯首斂眉，素淨著一張臉，原來只是個大約三十歲左右的少婦。

我的號碼終於在顯示燈上出現！我將幾張匯票兌換了現金，整個程序不過花了兩分鐘，卻等待了半個鐘頭。等我回頭要離開窗口時，冷不防和那位少婦撞個正著，這才赫然發現清秀的少婦原來是個瞎子，她正顫巍巍地在一位可愛的男孩引導下，摸索著走到窗口來。

青年日報副刊二〇〇一．十．十七

吹口琴的男子

碧潭的下游，潭水冷冽清澈。

經過了一個小水壩，潭水揚起的白色水花，隨著水流逐漸靜止。像是嬉戲過度的孩童，乍然安靜了下來。沿著兩岸，散步的人潮如織，儘管豔陽高照，喜愛垂釣的人們卻似乎絲毫不受影響，依舊聚精會神地等待魚兒上鉤。岸邊、沙洲上、石頭邊兒，多半有五顏六色的大傘撐持；少數逕自撩了褲腳，站在水中央，不管是大人、小孩，釣客的模樣顯得專注且充滿希望。

正遠眺著，驀然，耳邊傳來悠然的口琴聲。循聲追索，原來岸邊的草叢堆裡，不知何時來了一位風雅的男子，正面對著潭水，幽幽吹起了古老的情歌。男子背對著我們，以致無法猜測他的年紀。不過，由他所吹奏的樂曲如〈港都夜曲〉、〈雨夜花〉、〈望春風〉、〈南屏晚鐘〉……等推測，年紀應該至少是五十上下。男人越吹越起勁，琴音哀感頑豔、纏綿悱惻，彷彿承載了許多的悲情，幾乎震動了整座潭水。然而，讓人驚訝的是，對這樣的干擾，正在垂釣的人似乎都無動於衷，甚至用「安之若素」來形容亦不為過，彷彿此時此刻有那樣的聲音是再自然不過的事。

當大夥兒都屏息以待的時刻，不怕魚兒被琴音嚇跑了嗎？爲什麼都沒有人抗議？迎著我疑惑的眼神，旁邊一位女子忍不住爲我解惑：

「這位先生是我們碧潭的常客，他的口琴聲堪稱碧潭的一景，大家都很習慣了，若是沒聽到，才感到奇怪哪！」

永樂市場的對奕

一早起來，發現下著雨，全家人都覺十分掃興。期待多日的第一百期大稻埕逍遙遊是否能如期舉行？會不會取消？我們一邊揣測，一邊躊躇。等到我們下定決心到延平北路的慈聖宮集合時，方知台灣人的決心眞是不可小覷，竟然打傘的打傘、穿雨衣的穿雨衣，足足來了一大票人馬。

導覽解說的莊永明老師，可說是國寶級的民俗專家，無論是名勝古蹟、藝文掌故或歷史變遷、政治滄桑等大稻埕的過去，都朗朗上口、如數家珍。冒雨前來的市民，也都顯現了高度的求知慾，一路追隨，並勤做筆

記或錄音。

中午時分，來到終點站——霞海城隍廟，終於曲終人散。我們取道永樂市場回家，在市場的出口處，忽然看見一幅奇異的景觀：一位肥嘟嘟的七歲小童正意態從容地和幾位老年人在棋局中鏖戰著，一副四兩撥千斤的穩操勝算模樣。他輕鬆落子的大氣派和老人家殫精竭慮地苦苦思考，成了有趣的對比！外子即刻取出畫本爲他速寫起來。沒想到這個動作竟引來群衆的圍觀，每勾勒出一個人，便引起一陣議論：「夭壽咧！有夠像。」

畢竟是個孩子，當發現自己成爲被獵取的對象時，竟幾度害羞地以手遮面。不多久，小童的母親不知從何處冒出，看到兒子成了畫本中的主角，高興又靦腆地索取，等到從外子手中取過作品，隨即到處傳閱，並表明會加以護貝珍藏。

中午時分，原本極爲冷清的市場，竟因這場騷動而顯得熱鬧滾滾。

左撇子平價快炒

永康街上，充滿了食物的味道。日式旋轉台、印度咖哩、越南菜、雲南過橋麵、台式小吃、中壢牛家莊……一路煙霧繚繞，百味雜陳。

接近尾端時，發現一票人在街道上鵠候，好像等著外帶食物。店名叫「左撇子平價快炒」，非常狹小的店面，座位也十分有限，我發現，外帶人口特別多，可能是它的特色。主廚是兩位年輕的英俊男士，就在店門口進行現場快炒。我湊上前去，細細端詳，發現他們的身手眞是神奇！爐火似是從未休息，兩位廚子的臉上是沒有表情的「酷」，也許是爐火太旺，大冷天裡，他們仍是汗流浹背。總要等到鍋子幾乎著火了，他們才將預先準備好的麵、飯、菜料下鍋，翻炒時，手勁強而有力，不時將整口鍋子提起來翻動裡頭的飯菜，極富韻律感！每完成一道飯菜，便舀一瓢水入鍋裡，用一把刷子配合刷洗、倒掉，再用乾淨的水沖過，一貫作業，精準迅速。由於雙手並用得無分軒輊，以至於無法辨識他們是否眞的是左撇子。

看起來十分熟練的二人，默契也相當不賴，在幾乎無法旋身的極狹小空間內，鍋鏟起起落落，竟仍給人游刃有餘的從容感覺。當他們發現在十公尺外的地方，有人正拿著畫筆對著他們時，彷彿受到什麼激勵似地，所有的動作就顯得更爲酣暢淋漓了！

有關作家的種種

我的電子信箱中傳進了一封相當有趣的郵件，是一位年方九歲的小妹妹的來信。她說，她從小立志成爲作家，正一步步有計畫地往目標前進。不過，在前進的過程中，不免對「作家」這個行業有些困惑，很想從我這過來人的身上得到答案。

顯然是一位理路清晰、好學深思的孩子，我不知道她的家長對這封信給了多少意見，如果不是家長有若干的參與，我必須承認現在的孩子確實比我們孩童時期現實成熟多了！她以條列方式提出六大疑問：一、作家必須每日工作多少時間？二、每月工資大約若干？三、需具備何種能力？四、可能會有的職業病是什麼？五、如何獲得這方面的技能和訓練？六、往後十年要如何計畫才能如願？她的問題幾乎每題都切中要害，對一位立志以寫作爲業的人來說，確實都是不容忽略的大事。我搔首踟躕良久，不知如何給這般斬釘截鐵的量化問題一個清楚的答案，何況我一向對數字沒有清楚的概念，她眞是難倒我了！經過苦苦思索後，我是這樣回答她的：

「你可能是我在網路上交談的最年輕朋友了。對你提出的問題，我不知道這樣回答是否能讓你滿意？因爲問題實在太難了！

一、每日工作時間：不定。視心情好壞。太好、太壞都寫不出來。

二、每月工資：不定。視寫作成果而定，寫作成果又跟前一項相關。眞糟糕！

三、具備能力：不定。視寫甚麼而定。只有一點可以肯定，要對「人」有興趣。

四、可能會有的職業病：不定。腰痠背疼、飛蚊症、過敏症、心臟病、肥胖症……寫不出來時，還可能得憂鬱症。其實和平常人沒有兩樣。

五、如何獲得這方面的技能和訓練：好好讀書！好好做人！和一般人一樣，自然友善地長大。

六、往後十年要如何計畫才能如願：成爲作家很難靠計畫！大部分的作家都是不小心才成爲作家的。你看，許信良從小立志成爲總統，卻好像不大容易達到哦！你想從事作家這個行業，不必刻意計畫，只要保持這樣的興趣，多接近書本，多觀察周邊的事，時間一到，自然水到渠成。

其實，我的正業也不是作家，我是老師。在台灣，作職業作家很辛苦的！當副業會比較有趣！所以，我建議你把它當成興趣，不必當成職業。」

我不知道這樣的答案，對一位九歲的女孩來說，能理解多少？不過經過這麼一提問，女孩的疑惑卻似乎莫名其妙地轉移到我的心裡。我開始思索有關作家的種種：寫作的快樂和痛苦；投入的精力、時間與投資報酬率的關連……並開始強烈懷疑近日來的腰痠背痛及失眠或者便是長期寫作所導致，而憂鬱症是不是已經在伺機蠢動了呢？我不禁憂愁了起來。

青年日報二〇〇一・十二・十二

我本人啦！

抽過號碼牌後，我順手在報架上取過報紙，選了個座椅坐下，一邊看報，一邊靜候銀行的擴音叫號。中午休息時刻，人馬雜沓，銀行的生意彷彿比一般的上班時間還要繁忙。上班族似乎都是趁著空檔時間前來辦私事，臉上寫滿了快來不及的不耐。

忽然，一陣喧嚷從前方櫃臺邊傳來，聲若洪鐘。我抬起頭看去，背影是一位約莫一百八十餘公分的高大挺直男人，戴著咖啡色呢帽，穿著一襲米色風衣，揮舞著雙手，不停地重複咆哮著：「我本人啦！這些證件難道都是假的？我本人來，難道比不上身分證？這不是笑話嗎！我本人，九十歲了，還會騙人嗎？眞是笑話！一定要身分證！我本人欸！」

櫃臺的小姐鐵面無私，繃著一張臉，一本正經地解釋著：

「這是政府規定的！不是我愛找麻煩。如果你的這些證件被別人撿去或偷去，我沒檢查他的身分證，讓他來把你的錢提走，怎麼辦？」

老人不聽她這一套！兀自大聲地繼續他個人的說辭：

「你這說的什麼話！是我本人欸！又不是撿來的。」

櫃臺小姐耐著性子幫他想辦法：「你可以請家裡人送證件來啊！」

「說得容易！送證件來！叫誰送？我今年九十歲，老太婆八十五，叫誰送？」

由體面的裝扮及打直的腰桿猜測，老人如果不是高階退休將官，也應該是政府部門重要位階退休的公務員。然而他的蠻橫言談顯然和他的堂堂儀表有著極大的落差！坐在我隔壁的一位老人，便以極不屑的口氣批評：「眞是老番顚！亂來嘛！他以爲他是誰？天王老子來，也得帶身分證嘛！眞是。」

一陣大聲嚷嚷，終於驚動了後方主管級行員前來排解。不愧是資深的主管，她和顏悅色，語氣裡帶著同情的理解：

「這樣吧！我幫你找找看，銀行裡面有沒有你的身分證影本，如果找到了，就不用麻煩您跑來跑去的，好不容易來一趟，是不是？」

老人被溫柔所安撫，不再臉紅脖子粗地咆哮，但是猶自喃喃自語「是我本人啊！」此時，櫃臺小姐也放下僵硬的身段，語帶懇摯地朝老人說：「若不是現在實在太忙了，我也是可以跑一趟的，幫您回家取證件。可是，您看！人這麼多！對不對？」

老人想是不好意思了，終於完全安靜了下來。我繼續埋首報紙的副刊，過沒幾分鐘，彷彿聽到櫃臺小姐說：「我們銀行的月曆，還沒送到這兒來。您如果喜歡，等到送來以後，我幫您留一分，下次您來，就可以順便帶走。」

我抬起眼睛，看到老人一邊點頭，一邊露出滿意的笑容，並禮數周到的道謝，和方才的暴烈可謂大相逕庭。

等我聽到廣播器播出我的號碼，再度抬起頭時，已經不見了老先生的蹤影。

人間福報二〇〇一．十二．卅

通往記憶的路

從殯儀館的門前經過

每個星期至少有四次，我會行經辛亥路第二殯儀館的門前去學校。無論淒風苦雨抑或麗日晴天，從門口望進去，一逕愁雲慘霧籠罩，藍頂白牆的建築自然流露凝滯的哀思。可能是爲了平衡，大門的樑柱被漆成喜悅的大紅色，門頂則是溫柔的米黃，是否意味著走出大門就該走出悲傷？

如果是清晨，則可看見一波波走進館內的人潮。暗色的衣著和刻意維繫的莊重是他們共同的特色。有時會有大巴士載來參加公祭的團體，成員不知和死者的關係較爲淺薄？抑或奉命前來共襄「盛舉」？所顯示的誠意明顯減低許多，臉上的表情也相形生動不少。如果是十時許，則從裡頭往外走的居多。告別式通常已過，向死者行禮完畢，接著和熟識的友朋勾肩搭背出來。有人在大門口，依依話別；也有人乾脆相偕坐上計程車，找家餐廳共進午餐，繼續未完的話題。車行快接近殯儀館的地方，新近增設了一個紅綠燈，我每每被阻於此，以致對殯儀館前來來往往的人們有了較仔細的觀察。

上大學時，教「文選」課的閔孝吉教授，特別叮囑我們注意參加喪葬的禮節，他說：

「進殯儀館之前，需先調整心情，從變臉開始，在裡頭，不得嬉笑怒罵，也不應該和朋友高聲喧嘩，離開的時候，只要各自安靜走開就行，切忌滿場打招呼，逢人便說：『我先走一步』！」

教授唱做俱佳，尤其談到變臉時，用手在臉上一抹，臉上表情瞬息由笑意盎然轉爲愁容不展，滿堂的學子都哈哈大笑起來。當時，年輕的我們只覺有趣，何嘗想到有朝一日眞的要常常出入殯儀館！如今，閔教授也已乘鶴仙去多年，眞

是讓人不勝欷歔！

邁入知命之年，不時得從殯儀館的門前經過，心裡眞是百味雜陳。許多過往的記憶常會在此刻襲上心頭！淡淡的哀傷、惆悵伴隨著長長的懷念，往往讓我在一天的開始便提醒自己人生無常！得學會把握當下。

一日，像往常一般經過時，忽然看見大門的橫樑下方突兀地懸掛了幅紅色大布條，上面龍飛鳳舞寫著：「賀！本館榮獲 ISO9002 認證通過！」

紅色布條在風中招展，透露出藏不住的尊榮與驕傲。然而，傷心欲絕的家屬，乍見大大的「賀！」字高掛，是否會萌生憤懣不平，進而引發抗議！我不禁有些擔憂起來。果然！沒過多久，紅布條不見了！是不是我的擔憂終成了事實，卻一直沒有得到證實。

中央日報副刊二〇〇一・三・二十

陷入長考的狗

朋友從機場領我們回家。一打開大門，兩隻狗搖著尾巴、搶著出門來迎接我們。到紐約的第一站，我們被又舔又貼地熱烈歡迎著，感覺非常溫馨。

其後的幾天，只要我們從房內出來，這兩隻分別叫「莎莎」和「諾諾」的狗兒便跟前跟後的，好不親熱。「莎莎」是一隻年紀相當大的狗兒，聽說換算成人的年齡，牠已是八十餘歲的老人了，所以，行動顯得遲緩，常常慢半拍，看起來彷彿和朋友所居住的深宅大院一體成型。相較之下，「諾諾」算是少壯派，身手不但俐落，而且，眉眼之間，充滿表情。

每天早上，當我們移坐到靠窗的餐桌前，準備吃早餐之際，「莎莎」總還倦臥一邊，一臉疲憊；「諾諾」便不然，一抬眼看到我們端著盤子，便箭一般地衝過來，左閃右躲地行過腳邊，先行佔據緊靠窗口的位置。當主人推開窗子，讓室外的新鮮空氣進入之時，牠便老實不客氣地轉身向外，將前腳置放窗櫺，神情優雅地往園子望，彷彿欣賞著後園中的美麗景觀。有時，甚至像是陷入長考般，歪著頭望天，眼神顯得迷惘。朋友

BEWARE
OF
DOG
2001.
Cm. Tsai

笑著和我們說：

「諾諾很奇怪！好像對人生有許多的迷惘。每每在秋天的晚上，坐到門口，仰著頭，對著滿天的星斗看上一晚。我常常從背後看牠，揣想著牠到底正想著些什麼？」

我們聽著，都不禁笑了起來。果然！有什麼樣的主人便養出什麼樣的狗。像哲學家一般的「諾諾」，也有頑皮的時候。有時，會故意去撩撥「莎莎」，東抓一把、西搔一下，一旦把「莎莎」惹毛了，「莎莎」這位老先生也不是省油的燈，會忽然發出低沈的吼聲，然後，縱身一撲，兩條狗便展開相撲般的

動作。「諾諾」佔了體力上的優勢，「莎莎」衝撞一番過後，往往以「懶得再理你」的肢體語言，宣告戰爭結束。

「莎莎」看起來眞的很老了！聽說牠老病纏身，三天兩頭得看醫生。夜裡，兩隻狗總守在我們的房門口睡覺。有時，我起身如廁，「諾諾」還會抬起頭或揚起眉頭看我一眼；「莎莎」則如入化境，一動不動。有時，我總疑心牠是不是在睡夢中逝去，因爲，偶而不小心踩到牠的身體，牠竟然也似毫無所悉般地端睡如故。有一次，我不放心地低下身子探測牠的鼻息，牠也依然故我，像陷入深度昏迷狀態，動也不動。

一回，我們深夜歸來，在森林般的社區街道中迷路。正慌張地左顧右盼，不知往哪個方向行去才是。驀然！兩隻狗兒撲上前來，親熱地搖著尾巴示好。我們恍如見到久違的親人般，險險掉下淚來，從此方知狗爲什麼成爲人類最忠實的朋友！

青年日報副刊二〇〇一・九・二十六

誰的西門町？

捷運西門站吞吐出大批的年輕人口。拆掉了圓環後，車子和人都似乎多了那麼點兒呼吸的空間。在這號稱「水泥叢林」的台北都會中，雖然街道林立、人潮如織，人際交往看似頻繁，人情卻往往清淡如水。

大學時期，我曾在西門町漢中街的《幼獅文藝》打工。辦公桌就在靠窗的位置。工作累了，便將眼光調往樓下街道。看小吃攤販和警察玩捉迷藏的遊戲；看嘔氣的情人撒嬌、賠小心、做鬼臉，甚或冷不防賞給對方一個清脆的耳光；冷眼看色狼當街吊馬子、少女沿街賣弄風騷；同情滿懷心事的匆匆過客，羨慕好整以暇前來萬國戲院看電影的……人間浮世繪，可謂盡攬入眼底。

當時，我和朋友說話，總以「我們西門町……」做開頭。

二十餘年匆匆過！我由人女，一躍而爲人妻，再躍而成人母，輩份和年齡同時節節高升；而經過版圖的一再重整，西門町也改換門第，儼然成爲年輕人的專屬商圈。音響震天，人聲鼎沸。花俏的服飾、玩樂的遊戲、健身的裝備……無不將消費對象鎖定年輕族群。星期假日尤其熱鬧非凡，歌星簽名會固然人頭鑽洞；打扮奇譎的搞怪族，也常引得好奇圍觀。人擠人的程度，常常有隨時和同行者失散的疑慮。有時，和外子相偕去萬國戲院改建的絕色影城，還得和他緊拉著手，深怕一不小心，便會被人潮衝散。站在街心左顧右盼，總也找不到年齡比我們高大的，那種非我族類的感覺，更讓我深刻感受到屬於我的西門町終於成爲過去。

如今我和兒女、學生說話，總以「你們西門町……」做結尾。

幼獅文藝二〇〇一．十

遙遠的友誼

對於友情，我一向需索無度。

在人生行道上，我總是邊走邊張望，一邊羨慕且嫉妒著呼朋引伴的同儕，一邊假裝不在意地自命孤高。內心裡，強烈渴望被友情認同，表面上，卻因爲害怕希望落空而越形冷漠。高中時，我僥倖被網羅進一個擁有五至六位成員的朋友圈子，雖是核心份子，因爲屬首度入「圍」，仍成天疑心另外的幾人交情更深，時時擔心被三振出局，日子過得戰戰兢兢。

高中畢業後，同學分別考上不同的大學，每逢寒、暑假，依然定期約會，不忍就散。大學畢業，出國的出國，結婚的結婚，眞應了一句俗話：「天下沒有不散的筵席。」連一向聚會的台中火車站宿舍都被拆得無影無蹤，藕斷絲連的聚首漸成過眼雲煙，終於！僅有的聯繫只剩輾轉又輾轉的傳說。

柴米油鹽取代了風花雪月，奶瓶尿布席捲了鴛鴦蝴蝶。家事和工作讓柔軟的心變得粗礪，讓多彩的夢成爲黑白。一日，從忙碌中抬起頭來，竟無端覺得舉目無親，強烈思念起不知散落何方的昔日友朋。

前年，路過洛杉磯，竟然毫無預警地和高中死黨之一的譚靜相逢，我領著夫婿和一雙兒女到譚家給久未謀面的伯父、伯母拜年，心情激動，彷若再世爲人。人入中年，開始頻頻回首。今夏，我因執行計畫之故，必須前往紐約，心情竟變得躑躅！紐約有我的另一位歷盡滄桑的死黨張紅珠，手心裡，握著一紙濡濕得幾乎渙漫的她的號碼，電話幾度被撥出又放下：

「幾近三十年不曾見面了呵！年少的情誼是否已然變色？」

奇妙的是，當電話那頭

傳來老友的聲音時，漫長的三十年卻似乎一下子又接軌了。我心情驀地激動起來！有關老友的種種，總是在不經意間聽聞，似幻還眞，讓人有一種「今之傳奇」的想像。可是，荒謬的是，堪稱莫逆的我們，曾在人生途程中誠摯地交換心事、同甘共苦多時，何以消息竟需蜿蜒婉轉地得知？而當我告知必須前往紐約出差並拜訪多位美東的作者時，朋友慨然承諾：

「住我這兒！先把行程傳眞過來，由我來負責安排交通。」

也許她聽出了我言語中的赧

然，在電話臨放下之際猶殷殷叮嚀：

「到紐約！當然來找老朋友，你來了，不靠我？靠誰？」

於是，我們便如此厚顏前往！在暌違三十年之後，就在紐約 Great Neck 的這座古堡式的建築裡，接受了最熱誠、最自在的接待。有時在客廳裡促膝長談，有時驅車外出拜訪作家，有時在幽雅的院落間觀看蔚藍的天空，有時在晨風習習裡，撫弄著狗兒，有一搭沒一搭地閒聊著……就好像我們從來都不曾分開過一樣！

青年日報副刊二〇〇一・十・十

清晨的笛聲

夏天，我們到紐約進行一個訪談計畫。日以繼夜的工作，幾乎沒能和紐約好好打個照面。離開紐約前，表妹執意要我們過去住幾晚，原本婉拒的我們，在表妹夫一番情詞懇摯的遊說後，終於決定去叨擾一番。

表妹居住在紐約的新城，接近紐澤西附近。車子在黃昏的道路行走，穿過山、穿過水，高速公路一條接一條，讓人眼花撩亂。車子在一個安靜的莊院停駐時，已是夜幕低垂。還來不及看清形勢，先就被一家人的熱情團團圍繞。

次日，我們在鳥啼聲中醒轉。因爲不是星期假日，上班的上班，打工的打工，除了我們夫妻之外，屋子裡只剩了表妹和同樣遠從台灣來度假的姪女。奇異地混和著成人的思維和童稚笑靨的姪女，堪稱「聰明伶俐」，跟前跟後，不停地提出一個又一個難以作答的問題，企圖直闖大人的內心世界。

吃過早餐，姪女拉著她的阿姨——也就是我們的表妹，希望能以美麗的樂音表達她們對我們的歡迎。於是，姨姪二人便在微風晃動的晨曦中吹起了長笛。我坐在樓梯上，

一邊聆聽悅耳的笛聲，一邊遠眺蔚藍的晴空和在庭園中殷勤作畫的外子，內心忽然充斥著無以言喻的幸福。原來，生命裡的怡然自得，端賴一片藍天、一些微風、一點音樂和濃濃的親情。

經常分手的地方

三年前，自從一不小心跌進了院子裡的小池塘後，兄姊們再不敢讓年邁的老母親獨居。母親雖然萬分不情願，卻也因爲寡不敵衆而被迫搬到子女家居住。兄弟三人分居中、北部，爲了表示公正，母親決定到各家輪流居住，每處待上十五天。

一向習慣了當家作主，到兒子家依親的母親，忽然像是被解甲歸田似的，顯得萬分不自在。剛開始，還不死心地成天和媳婦在廚房內搶活兒幹。幾次下來，無功而返，也就逐漸死了心。然而，像是客人般被侍奉著的母親，並不好受，日日等著吃，吃完，等著睡，對猶然精神奕奕的她來說，幾乎是一種酷刑。所以，每回，一個地方總待不上她自訂的十五天，便落荒而逃。有時，甚至還不到兩、三天便開始想著捲舖蓋潛逃，任誰都挽留不住。我老笑她：

「恁是半暝呷西瓜，反症，是麼？」

她總齜牙咧嘴，尷尬地回說：「就是住未著，不知爲啥米！」

她三天兩頭在台中和台北間奔波，國光號和中興號的車子是她的最愛。北上時，她通常會先到我家裡來。若事先得知，又恰巧沒課，我會到台北的公路局西站接她。但大多時候，我總是在黃昏下課回家時，發現她已神不知鬼不覺地出現在廚房中，甚且已大展身手地做好一頓豐盛的晚餐。做完一頓晚餐後的母親，臉上總顯得極爲光彩，彷彿十分滿足，還不停地問我們：

「怎樣？恁看，我還有法度吧？煮一頓飯還無問題吧！」

她的女婿及孫子、孫女總不忘給她最虛榮的肯定。所以，她一來，便佔據廚房，淋漓盡致地揮灑一番，而我總由她去，給她最大的發

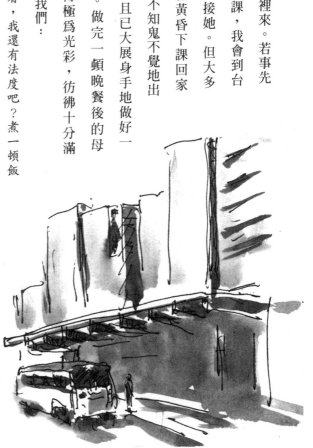

揮空間。然而，總也住不久長，沒幾天，又見她夜半開始整理包袱，準備次日遷徙。我看她心情浮躁，也不敢強留，便依她的意思，將她送到小哥處。通常不到兩日，會在夜晚例行的通話中，聽到她又要南下的消息。於是，趁著上學之便，我會去接她，順便將她送到西站去，公路局西站因此變成母親和我經常分手的地方。

畢竟是八十餘歲的人了！雖說看來還算健康，但是，每每在目送母親蹣跚的背影逐漸沒入車廂內時，心

裡便不由得興起一股不捨之情。我知道母親不願常住女婿家的傳統顧慮，也理解爲了達到公平原則，不得不輾

轉流徙在各個兒女家的漂泊。然而，這個問題終究是無解的麼？女兒眞是潑出去的水、就是和兒子不同嗎？公平的原則在她老人家的心中竟是如此的重要嗎？母親難道就不能拋開這些世俗之見，率性而爲，想住哪兒就住哪兒嗎？我總是在汽車離開站台時，悵悵然目送，不知道答案在哪裡。

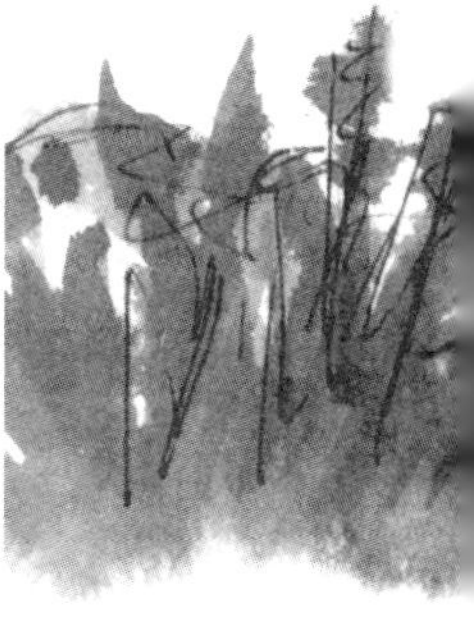

青年日報副刊二〇〇一・十一・二十八

思念的旋律

整理房間，不經意間翻出了一大袋的錄音帶。蒙塵的卡匣裡，有老舊的標籤，上頭用工筆仔細寫著各式折子戲的曲名及演唱者的名字，有京劇，也有崑曲。外子說：

「帶到學校去吧！教曲的時候，不是正好放給學生聽嗎？」

教授《曲選》課程時，另有兼具視聽效果的錄影帶，並不需要用到這些看起來老舊的錄音帶。我猶豫了一下，還是決定將它扛到研究室裡。

幾天之後，我將這些錄音帶整理出來，排列在書櫃內。經過的時候，心裡每每一緊，一種說不出來的複雜感覺。幾天之後的一個午後，陽光透過百葉窗，閒閒地照到電腦桌旁的收錄音機。我忽然衝動起來，翻出其中的一個卡匣，將錄音帶放進去，霎時間，悠悠細細的崑劇小生聲腔便迴繞在斗室裡，我再也忍不住，任憑淚水無聲地滑下臉頰。

錄音機裡的小生，是已故逝四年的先師張清徽教授。

常陪老師去看戲、唱曲。童心未泯的老師，經常在夜晚的電話裡，以各式的假嗓裝腔作勢，假裝是慕名前來的男士，尋我開心。如今，老師辭世已近五年，留下的崑曲聲腔卻在不經意的午後，清晰地直撲耳膜。恍惚間，像是回到多年前的日子，正和老師在電話裡娓娓清談哪！

幼獅文藝二〇〇一．七

通往記憶的路

這條細細長長的路，位於愛國東路電信局後方。右手邊是一堵有著異乎尋常厚度的高牆，聽說牆內原先是一座監獄，現在則成了供應電信的機關；左方是一排矮房子，幾乎每家都栽種了綠色爬藤植物，綠意不分四季地伸出牆外虎視眈眈。路，非常直，標示了是一條單向道。然而，實在是太窄了，汽車駕駛人對行經此路總感到踟躕，而腳踏車及行人才不管單向標示，依舊自在地雙向遊走。

因爲沒什麼汽車經過，路又筆直，是夫妻散步時最好的選擇。台北剛實施垃圾不落地政策時，我總是在晚間九點左右，和倒完垃圾的外子一起繞到這條路上散步、看月光；外子還任職中科院時，經

常在天濛濛亮時，循著這一路的翠綠走到當時尚未被拆除的寶宮戲院前搭交通車；孩子還幼小之時，外子和我也常陪著他們在這條路上跑步、學騎腳踏車！好不容易學會腳踏車的女兒，從遠遠的那頭歪歪扭扭騎過來，一路驚叫嘻笑的樣子，到現在還經常在腦海裡迴盪。而國小時的兒子也曾因什麼事興奮地拍擊停靠一旁的摩托車，車子竟應聲倒地，因之賠償主人五百元擋風玻璃費用，此事更經常被當作可笑的回憶話題。

灰色的水泥牆上，經常有人在上頭大作文章。選舉期間，充滿政黨取向明顯的情緒性文字，譬如：「宋盼仔滾出台灣！」「台獨萬歲！」「阿扁去死啦！」……等。有一段時間，我經常和外子相偕去散步，牆上的文字像連續劇一般，不時驚心動魄地翻新！用

粉筆寫的哀感頑豔誓詞，雖字跡稚嫩，卻透露出力透「牆」背的滄桑：

「除非等到你，否則我是絕不死心的！你知道我是誰。」

「你非要看到我死才甘心嗎？你知道我會的。」

「你難道已經忘了我們的愛？」

「……」

一個燥熱的雨後黃昏，我驚訝地在牆上發現這樣的文字：

「親愛的！這次我眞的決心離開！請在□點前到□裡，否則就永別了！」

幾個重要的關鍵字竟然被雨水沖刷得無法辨識！我被因之可能造成的悲劇感到焦慮不安。外子卻輕鬆地認爲也許只是一宗無聊的惡作劇。

細細長長的路，就像它又直又長的容顏，直直通往久遠的記憶。

中央日報副刊二〇〇一・三・十

蚊子的威力

爲了介紹宜蘭之美，朋友帶我們去看一幢坐落在水田中的華宅。果然不同凡響！大門就顯示了非比尋常的雄偉氣魄。落地窗映著水田的天光雲影，讓人平添許多旖旎的懷想。聽說大門進去的大片凹陷的空間，主人正在審愼評估，是闢爲游泳池？抑或規劃爲蓮花池？

下車的剎那，我們尙來不及賞鑑宏偉的華宅，先就被對面的小屋所吸引。三面被小河圍繞的矮屋，前方是茂盛的竹圍。右邊的院落，則高聳著竹子、大王椰子及不知名的綠樹，小河外是等著插秧的漠漠水田，屋頂上是極藍極藍的天空。最引起我們興趣的是，大門的竹圍外，竟矗立著一方待價而沽的看板。同行的友人妻和我，一下子就像被蠱惑了般，眼光再也離不開。

估量地坪，約可改建爲兩戶小屋。朋友妻子和我興奮莫名，覺得比鄰而居是個太棒的主意！我們在屋子前後左右比劃，餐廳、客廳、廚房、臥室……位置大體底定，彷彿已經買了下來一樣的興奮，甚至連借蔥、借醬油及午後過去喝咖啡或吃點心的親密前景，都已設想周到。何況，前面豪宅內的夫妻好客成性，必然樂於和我們分享游泳池的健身資源，若他們決定開闢爲蓮花池，那就更値得讚嘆！我們不費一分一毫就平白擁有美麗的「前」花園。說著、說著，我們都不由得熱血奔騰起來，恨不得馬上奉上定金，唯恐遲了，就要被人捷足先登。

偏是熱情的女人背後是兩位擅長殺風景的男人。他們唯恐惹禍上身地遠遠冷眼旁觀，並不時你一言、我一語地潑灑

大盆冷水：「醫院離這兒有多遠，你們知道嗎？我們不是永遠健壯的喔！」

「要看個歌劇或聽個音樂會，有多不方便！你們想到了嗎？」

「宜蘭多雨，長年細雨綿綿，不都是像今天一樣的好天氣，不要想得太浪漫了！」

「還有，啊！你們女人家住不上多久，可能就開始吵架了呀！別想得太美啊！依我看，最好還是保持一點距離吧。」

「另外……」

我們才不管！兀自沈浸在浪漫的玄想中。我辯解道：「我們不一定得長住在這兒，就當作度假的小屋，心情不錯或不好時，就過來住一住！多好！」

平日拙於口才的外子，這時忽然口若懸河了，說：「家裡附近的工作室，也不過咫尺之遙，你都懶得過去！還會千里迢迢到這兒度假？何況屋子不常住人，來了哪有時間度假！當打掃的歐巴桑還差不多！」

我們尙待反駁之際，同行的不知道什麼人輕描淡寫地追加一句：

「竹子這麼多，夏天光打蚊子就來不及了！還有什麼度假心情！」

談到台灣蚊子的威力，誰都不敢小覷，朋友妻和我都同時心裡一驚，霎時爲之語塞，只能悻悻然離開。

有關一座小屋的幻想，終於被一群莫名其妙的蚊子擊得碎紛紛！

中央日報副刊二〇〇一·四

雲深不知處

服預官役的兒子，經過八個月嚴格的學員生訓練後，終於晉升少尉官階，據說抽籤分發到淡水某軍區。黑著一張臉由南部回家放分發假的他，喜孜孜地穿上軍服，展示革命軍官的英挺給我們看，外子和我眼看兒子由生澀稚嫩而變得成熟穩重，心中的快慰不言而喻。

從此脫離被指導、教育的學生生涯，開始他有生以來首度的領導工作。容或只是一員小小的排長，作父母的我們除了些許的驕傲之外，更多的是能不能服眾的擔心。每回放假回來，我總是耳提面命：要設身處地、將心比心；要言詞溫和、態度堅定。

「帶兵得先帶心！每一位阿兵哥都是他父母的最愛，要好好對待他們，知道嗎？帶兵要有方法……」

我不停地囑咐著，兒子總等不到我說完，就以「知道啦！」來回應我的囉唆，顯得有些不耐煩。

有一回聊天時，他告訴我們，他們的營區就在關渡大橋附近的山區。外子聽了，急忙拿出寫生的畫冊，尋找曾經路過的蛛絲馬跡。湊巧那段時間內，我有多次到淡水演講的機會。每回經過關渡大橋邊兒，總不自覺地凝眸注視，暗忖到底兒子正在雲深的何處？那種心情，溫柔中夾帶著焦慮。

放假回來的日子，兒子會對著我們訴說戰備的辛勞，夜裡全副武裝上床的燠熱難熬；有時又會和我們吹牛他在部隊的重要：

「我們單位只有我一位排長，連長盯我盯得好緊！什麼事都不能掉以輕心。」

有一回，他說天氣實在太熱，常常吃不下飯。我靈機一動，半開玩笑地告訴他：「啊！既然就在關渡橋邊兒，哪天我去淡水演講，就順道帶一鍋雞湯去給你補一補身子。」

兒子一聽，急得臉都紅了，急急警告我：「媽！千萬使不得！我在那兒是何等身分！帶人的嗳！寶相莊嚴。你提著一鍋雞湯來看我，讓我一下子矮了一大截，像個長不大的孩子，我以後還怎麼帶兵！你別鬧了！」

我不以爲然，悻悻然反駁：「就算是阿扁總統吧，回到官田老家，他媽媽也許也會摸摸他的頭，哪就因此矮半截？官做得再大，也永遠是媽媽的兒子。」

兒子理直氣壯地回說：「那當然不同囉！如果阿扁總統的媽媽提著雞湯到總統府找兒子，像樣嗎？」

兒子約莫是不忍心看我太失望了，連忙換上笑臉慫恿我：

「若是心疼兒子，眞想讓兒子喝雞湯，那就現在煮呀！我可以在家喝上一大鍋，也省得您迢迢費心送去。」

青年日報副刊二〇〇一．八

與幸運別莊的邂逅

沈默而老實模樣的男子以稍帶疑惑的眼神向我們探問時，我們幾乎是迫不及待地起身回應。在沒什麼風的高山車站前等候已有多時，不能確知日本旅店的老闆是否真切聽到海角天涯外的電話預訂而能依約前來，這樣的心情不免夾帶些許焦慮。

上了旅店老闆的車子後，一路無言，直奔青山綠水的深處。聽說旅店名叫Good Luck，隱然升起一股溫暖的感受。熱情的女主人以九十度的鞠躬在玄關迎接略顯疲憊的我們。自在的陳設與接待使得我們一行六人很快地便像回到家裡一樣，隨性地四下走動並選定陽台的大傘下喝起提神的淡酒來。

四月的日本，仍舊有著冬日的餘寒，旅店客廳外的走廊上，電熱器散放著溫暖。心情微醺的我們，在夜色四闔後，驀然跌入優美的樂音和叫人吃驚的美食裡。在徵求我們同意後，名叫Luck的狗兒也加入了我們的晚餐聚會，充當一名沈默乖巧的聽眾。在牠將所有人倒剩的奶油球舔得乾乾淨淨之後，我們終於了然牠身軀之所以如此肥胖的秘密。

和好朋友一起旅行已經是難得，居然在深山的旅邸接受歡洽的款待，簡直是超乎想像的奢侈享受。旅館的主人禮數周到卻不多言，是最受旅客青睞的典型。一道道的美食在樂音輕聲繞繚中依序端上，每一道菜都引發驚訝的讚嘆。大夥兒邊吃邊談，把遠在天邊的忙碌俗事都暫時拋至腦後。Luck也靜靜傾聽，不時地，還隨著說話人調整面對的方向，彷彿是一位解事的老友。夜色漸闌，淺斟低酌過後，在座的六人和慵懶的Luck，似乎都真的步履癲狂了，而圍繞莊園的潺潺流水似乎仍以端凝的步伐悠悠行走。

主人在酒過三巡之後，悄悄現身，輕

聲詢問食物可合胃口？當我們爭相回答滿意的答案時，他們才露出如釋重負的表情。同行的鳥刻專家，爲報答盛情，即刻取出行李中的畫作月曆相贈，這會兒，輪到他們興奮地頻頻道謝。我們一一鄭重地自我介紹，那光景，不像是明日即將離去的過客，倒比較像是打算相交一輩子的友朋。那夜，與幸運別莊的邂逅，堪稱生命中非常幸運的時刻。

第二天清晨，我們離開旅店，往山裡尋去。驀然回首，不期然間，望見旅店以安靜的姿勢站立在蓊鬱的樹叢間，看似正和我們做著無語的道別，心下不覺惘惘然。

青年日報副刊二〇〇一・八・八

討價還價

暑氣蒸人，從電視報導中得知，台北又創下溫度新高。北上的母親看我演講、寫作兩忙，便接手廚房工作，成天爲三餐忙個不停。終究是八十一歲了！雖然躲在冷氣室內，常常還是被煙燻火燎得汗流浹背。幾天之後黃昏，我從忙碌的工作中抬頭，心生不忍，便建議出去吃個館子，順便逛逛街。一向節儉的媽媽忙說：

「不要多花錢！冰箱還有許多菜，外面吃飯貴森森，何必多了錢！」

我不理她，拿出當家作主的氣勢，由不得她碎碎念。

是東區的一家江浙菜，結帳下來，三個人共花了一千二百餘元，媽媽搶著看帳單，出來的路上絮絮叨叨地：

「如果在家吃，頂多再炒個絲瓜，最多三十元。恁少年人，不會算！」

我仍舊不理她，引誘她看看附近熱鬧的夜市。我說：

「你不是想買條長褲嗎？這裡有很便宜的褲子，包準你滿意！」

媽媽仍舊沈浸在奢侈、浪費的可惜情緒裡，不肯回答我的問題。走著、走著，周遭

大拍賣
1980
5000

的吆喝叫賣聲逐漸吸引了她的注意，我趁勢拉她進了一家女裝店。打扮火辣的女老闆放下吃了一半的便當，笑盈盈地出來招呼。我問她掛在門首的一件白色短襯衫，她爽快地說：「剛開張，交個朋友。五百八十元算你五百五十，一句話。」

我還價五百，她稍作猶豫，便以壯士斷腕的表情答應。媽媽看中了一條黑長褲，老闆開價五百九十元。我慫恿她去試穿，媽媽邊試邊抱怨：「又不是搶人，一條褲子要一百九十元！這種褲子，在我們台中買，最多一百。」

等我告訴她是五百九十元，不是一百九十，她像是被驚嚇到似的，急慌慌脫下。嘴裡嘟嘟嚷嚷說台北的生意人根本跟強盜沒兩樣。

老闆娘做生意有一套，開始稱讚老人家氣質好，看起來像是只有六十多歲，媽媽被逗得好樂。加上老闆娘頗有耐心，不停拿出新貨要媽媽儘管試穿，買不買沒關係，逐漸瓦解老人家的心防。媽媽看中了一件叫價七百九十元的上衣，我正打算還到七百元，媽媽開口了：「安捏啦！免講價，一領四百元啦！阮台中像這樣的貨只要三百五十。台北物價卡貴，所以我主動升五十元進去。」

我覺得難爲情極了！一下子殺價到幾乎一半的價錢，會讓人恥笑不知行情的。老闆

娘以「質料不同」「款式不一樣」和媽媽用力爭辯著。媽媽態度很堅決，拉著我的手作勢要離開。這時，老闆娘居然馬上回說：「好啦！好啦！賠錢賣你啦。像這種不賺錢的生理，如果繼續下去，全家攏只好去吃西北風啦！」

這下子輪到我吃驚地目瞪口呆了！馬上聯想起方才那件襯衫，不知已然吃了多少虧！這才知道「心狠手辣」在殺價這件事上有多麼重要！而不管我曾經見識了多少寬廣的世面，在小市民的生活折衝上，我不得不承認，母親顯然是比我見多識廣！

青年日報副刊二〇〇一．八．十

青春的願望

九二一地震過後，驚魂甫定，就接到尤丁凱報平安的電話。接下來的教師節，我的電子郵件信箱裡收到一封他對地震當時描述非常詳盡、眞實的 E-mail：

南投，東勢，大里，台中，一向是風景秀麗，氣候宜人著稱，沒人想到會發生這場浩劫……

九二一晚上一點整，想著隔天要請假去台北參加教師進修，想著想著，也迷糊地睡著了！一陣晃動將我搖醒。地震！心想晃一下就過去了！天啊！怎麼整座床都在跳，好大的地震！一聲聲的尖叫伴隨著停電。完了！感覺生命即將結束！努力起身，眼前一片漆黑。

「俊宏，地震！」大聲呼叫，想叫醒室友。

「快逃！快逃！」

原來，他早已逃到樓梯間去了。一瞬間，衣櫥、書櫃、衣架、電視、電腦、防潮箱全倒了！回身摸黑，提褲，抄皮包，拿大哥大，伸手不見五指，還是衝！

「啊！救命啊！我們的門變形打不開，拜託！救一下我們！」樓梯間人馬雜沓。耳邊都是驚慌失措下的尖叫！玻璃、瓷磚、紗窗、花盆從天而降，打在身邊。

「世界末日來臨了！我要死了！」逃到屋外後，大家驚魂未定地開始尋找親人。找到的，互相安慰；沒找到的，憂心害怕。就在驚魂未定之際，又搖了！哇！更大！樓頂開始掉下瓦礫，眼看著十二層的大樓前仰後傾地來回擺動。

「快逃！」叫大家逃到對面空地。

突然間，轟一聲！東方一片紅光，爆炸聲不絕於耳。（埔里酒廠爆炸）嘔！一陣暈眩，跪在地上吐，腦袋一片空白。又冷又害怕！

過不久「有電了！」緊急電源啓動，聽說只夠十分鐘電力。回想一下家人的臉孔後，我還是決定衝到樓上拿汽車鑰匙，那是我最大的財產。藉著大樓震落的安全燈，衝回樓上拿鑰匙後，又往下衝！地下室充滿刺鼻的瓦斯味，腦中突然想起會爆炸，我看見自己開車門的手一直在顫抖。從地下室出來後，感覺像撿回一條命。想到學校還有同事和學生，路旁的人說：

「青年高中大樓倒了！不能過去！」

只好暫時將車停在路旁，看到路旁衣衫不整的男女，我說：

「你們到我車上比較暖和好不好？」

四個朝陽大學的學生驚慌地也擠到我車上，並告訴我：

「我們住的金巴黎倒了！我們住在五樓，地震後，爬出來時已經變成一樓了！嗚……」

透過廣播才知道發生七點多級的大地震，而震央就在我的旁邊……集集。此後……救災、捐款；慈濟、國軍；台灣、友邦；抹黑、口水戰；期待、奇蹟；失望、絕望，每天在我的周遭發生……

我永遠記得九月二十一日，那一個沒有死的早晨……活著！眞好！活著！要惜福感恩！活著！請爲受災户做點事！

1999/9/28 教師節

這封文情並茂的 E-mail，使我幾乎像是置身災變現場般，感受到地震當時的驚慌與絕望。尤丁凱，男，三十歲，青年高中教師。外子和我叫他「阿凱」，我們的孩子暱稱他「凱哥」。幾年前，他還在台北的世新大學就讀時，由他的導師介紹給我，幫我處理事情。他的誠懇、勤奮，很快贏得了全家人的心。畢業展時，他的家人遠在彰化，不克前來。我們全家總動員，連阿嬤都出動，聯袂客串家屬去爲他加油、打氣並致上賀意！畢業後，他當兵、就業，我們一直保持聯繫，他就像我們家的另一個孩子。地震發生時，我們聽說他任教的青年中學（大里）災情慘重，十分擔心。懂事的他，主動來電話報平安，總算讓我們放下一顆心。也許因爲忙亂，電話裡，他並沒有多談，我們也沒想太多。直到收到這樣一

封E-mail，才知道他經歷了多麼驚險、刺激的過程。

他任教的青年中學曾在電視新聞的報導中出現，學校的老師冒著危險，衝進隨時可能倒塌的大樓內，搬出電腦設備。我們目不轉睛地在螢光幕上搜索，沒有見到阿凱的身影，竟有一種慶幸的感覺！其後，他陸續來了幾趟台北，或者開會、或者訪友，總會抽空來看看我們。陸陸續續的談話，讓我逐漸拼湊出E-mail裡沒有提到的後續：那日清晨，他擔心學校狀況。先騎摩托車去找住在附近的主任，一路上黑漆漆的，只有車燈的亮光。路上全是救護車、救火車，馬路上全是碎屑。幸而天山部隊已到，開始指揮交通，軍隊的效率眞好！而青年中學約有一百名學生住校，地震發生後，一、二層樓跌入地下，幸而住在二樓的曲棍球隊隊員體魄強健，踹開大門爬出，總算是不幸中的大幸！只是，學校的損失可就慘重了！剛裝置的冷氣全完蛋！配線也整個破壞掉。要和住校學生的家長聯繫，電話線又都不通，幾乎把人給急死！後來，有些家長終於和學校聯絡上，要求學校送孩子回家。師長們就在送與不送間搔首踟躇，不知道路況如何？運送過程是否危險？最後，決定還是想法送回。只是，有些道路中斷，到不了家的，也只好原車載回。

學校決定停課一個月！在商請陸戰隊出七台怪手將倒塌的建築打掉運走前，阿凱和學校的老師一樣，發抖著從危樓中搶救機器設備。而阿凱所租的房子也倒了！幸而沒人被壓死。可嘆的是，大樓的管理員正值休假，偷空到新莊「博士的家」去探視女兒，竟因此罹難！眞是命運弄人。談到當時印象最深刻的事，阿凱說：

「印象中，第一時間看到的是穿著藍天白雲制服的慈濟人！他們有足夠的救濟經驗，一來先解決吃的問題，民生物資接踵而至，睡袋、飲料甚至屍袋，設想非常周到。反觀政府可能因缺乏經驗，前三天幾乎看不到他們有什麼作爲。通信系統癱瘓、大哥大也不通，消息很久才發出，媒體走在政府之前，連發放慰助金，慈濟都比政府動作快多了！受災户因此醞釀出濃厚的反政府情緒！」

倒塌的屋子不能再住人，里長通知大家：全倒受災戶每幢可申請三百萬免息貸款，現住戶每戶可申領慰助金二十萬元，若是房東則可申領房租津貼每月三千元。爲了這樣的規定，阿凱的房東要求他們僞造文書，由房東出面申領慰助金。他們沒答應，因此，和房東鬧得很不愉快。而他們爲了領慰助金，也可說是吃足了苦頭。先到里長處要求開證明，里長說得先找大樓管理委員會，大樓管理委員會則要他找鄰居見證。囉囉嗦嗦地，總算開好了證明資料。帶著資料到大里市公所塡申請單時，居然又回到原點——市公所的辦事員要他先到里長處再開一張房屋全倒證明！等他鍥而不捨地將資料備齊，竟然發現中央政府接手，所有規定又改了！表格全換！跑了不下七趟，說是「兵疲民困」亦不爲過。好不容易，慰助金二十萬終於拿到手！還來不及和同住的房客分配，居然就接到一通回收的電話，對方說：

「沒有結婚的單身房客不得申領慰助金！請將慰助金繳回。」

他追問爲何有這樣的區別待遇？答案是：學生及單身漢財物不多，不會有太大的損失，不需慰助！地動山搖已經搞得他沮喪、恍惚，這般不近情理的說明無異雪上加霜，讓他聞之越發鬱卒！

學校復課了！教育部撥下六百萬在網球場蓋簡易屋，行政院中部辦公室提供二、三百套課桌椅，大夥兒克難地求知。然而，問題並沒有解決，因爲一屋難求，有屋者開始哄抬租金，六千元也租不到一間小房！阿凱四處流徙，舅舅家、朋友處，到處情商暫住；坐上公車，一路竄竄處處，好端端坐著便直往前衝；餘震不斷，課上著、上著，拿起電視遙控器就往外跑；還有家遭巨變的學生，整整一星期不說一句話；朋友見了面，想到失去的友伴，只能抱頭痛哭！……亂糟糟的不只是被震出的破敗景觀，更是不知明天會如何的不安情緒！

幸而，再是難熬的日子也終將過去。阿凱陸續又捎來訊息——找到落腳處了！一切都逐漸恢復了！一天，我的電子信箱中忽然收到一封徵婚的E-mail，以玩笑的口吻放送有意成家的訊息！大意是說年近三十的阿凱，既無不良嗜好，也沒有不可告人的隱疾，居然至今形單影隻，實在匪夷所思！呼籲仁人君子引介賢良淑媛甚至歡迎有心人士毛遂自薦！家人齊齊擠在電腦前觀閱這樣一封詼諧有趣的文字，不禁開心地大笑起來！我開玩笑地猜測，阿凱或許是受到「單身不得申領慰助金」條文的刺激，興起雪恥復仇之志！外子則若有所思地說：

「人在遭逢巨變時，特別感受到生命的無常！阿凱或許是看到許多人無辜喪生，心生慘怛，想及時掌握時間，將生命的歷程統統完滿地經歷吧！」

於是，我戲稱這是「青春的願望」。無論如何，看起來阿凱是認眞地興起結婚的念頭了。於是，我撒下了大網，請老家台中的親友代爲留意！以幫助他完成願望。當然，憑著我在家鄉豐沛的人脈，很快有了消息！相親活動於焉展開。可惜，紅娘難爲，並沒有成功。不過，阿凱可沒有氣餒！他堅定且積極地朝目標──結婚邁進，不但不放過每一次的相親機會，而且主動地報名參加婚友社。也有幾次，似乎水到渠成了，卻又告失敗！

隔一段時間，阿凱就會將他的進度傳送過來，用E-mail，用電話，甚至親自到家裡來！阿嬤說：「阿凱這個孩子，眞乖！只是似乎命運乖舛！」

我安慰阿嬤，阿凱的運氣在後頭！一定有一位識貨的美嬌娘等在某個地方的！只是目前尙未現身。大約三個月前的一個夜晚，打開電腦，電子信箱傳輸了好久，終於出現阿凱擁著一位貌美女子的三張彩色照片，我興奮地高喊家人前來觀看，兒子嫉妒地笑說：「媽！有沒有搞錯！好像是你在挑媳婦一樣！」

前幾天，阿凱又北上。電話裡說要帶一位朋友來看我。放下電話，我朝外子說：

「一定是帶女朋友來！你看好了！」

外子笑我過分敏感！卻眞的被我料中。

阿凱果然帶了一位濃眉大眼的美嬌娘來！我朝外子擠擠眼，兩人都開心得不得了！

我想，我大概是興奮過了頭，要嘛就是老眼昏花，居然忘形地問：

「是上次照片上的那位小姐嗎？寄到我的 E-mail 的那三張照片。」
阿凱尷尬地搔頭苦笑，倒是女子大方地回說：
「沒關係！這樣問的，您不是第一個，我已經習慣了。」
我懊惱地差點兒沒咬掉自己的舌頭！爲了補救我的無心之過，整個晚上，我口沫橫飛，大力推銷阿凱的種種美德。外子笑著朝女子說：
「看起來好像不必再推銷囉！是不是？已經很瞭解了吧！」
女子害羞地回說：「大概是吧！」
阿凱樂得呵呵笑！臨走，特別介紹他帶來的禮物，說：「老師有沒有注意到？以往我不是帶太陽餅、花生酥，就是綠豆糕，這次帶了不同的東西哦！」
外子和我齊齊低下頭去看那盒放在茶几上的禮物，啊！是「老婆餅」！我朝阿凱眨眨眼，意有所指地說：「老婆餅哦！帶個老婆來哦……」
阿凱仍是呵呵地笑著。
看起來，這次大地震對阿凱而言，的確有正面的啓示！

自由時報副刊二〇〇〇・九・十八

一場夢魘

車行過火燄山後，天空陡然亮麗了起來！

每回總是這樣，無論是陰雨或寒流來襲，當我們驅車回台中老家時，總是一身的不合時宜。老家的親友總嘲笑我們的「防衛過當」，隨身的雨具和外套顯得格外礙眼！他們的嘲笑裡，隱隱有著一種獨享「天時地利」的驕傲。然而，在經歷九二一大地震的強力摧殘後，台中人再不敢誇言得天獨厚了。誰想得到在這平靜亮麗的天空下竟曾經發生過無數屋毀人亡的悲劇！

九二一即將屆滿週年！我們專程南下，期待在痛定思痛之餘，對傷亡慘重的家庭稍致慰問之意。經過了聯繫，車子下了高速公路後，我們直奔豐原向陽路的聯合市場和永照大樓，這兒是豐原地區最讓人斷腸的地方。廖齊一家，在一夕之間，失去了公公、大伯和大伯的兒子三口人。廖齊和她的家人在經歷人間至痛後，收拾灰敗的心情，在附近另外找了房子、建立了一個家。我們在拆除大樓及挖掘道路的漫天塵灰中，徒步彎彎繞繞地，終於在窄巷裡拜訪了她們的家人。

松山
HOTEL

廖齊是個個性剛毅的女子，三十餘歲，以經營出口加工維生。除了雇用幾個人在家裡進行加工外，還得將接來的部分半成品，騎車挨家挨戶發放給下游，工作忙碌而辛勞。我們抵達時，已是午後時分。庭院中，有幾位年輕的女子正埋著頭工作著。廖齊身材高瘦，行止俐落，看起來是個幹練無比的女子。然而，事隔許久，談起那場家變，炯炯的雙眼仍難抑驚惶之色！她回憶道：「那晚，嚇人的地震來時，住在三樓的我們只覺地動山搖，我就覺得一定慘了！所有建築結構全部瓦解，欲逃無路！本想找個繩索或梯子從前窗攀爬下樓，那裡知道三樓竟然成了一樓！腳一跨，便是陸地。我慌得什麼似地，急忙和先生四處尋找其他的家人，才發現大事不妙！那眞是一場可怕的夢魘！」

說到這兒，廖齊的婆婆拄著柺杖出來，客氣地和我們打招呼。迎著我們關切的眼光，她搖搖手上的柺杖，解釋說：「原本就不太好的身體，經過地震的擠壓之後，連脊椎都不時作痛，就更依賴柺杖了。」

談起往事，老人家也不禁淚眼迷濛！當晚住在二樓的她，被垮下來的鋼筋水泥壓個正著，幸賴旁邊一只柔軟新枕頭爲她遮掩，才偷得一隙的呼吸空間！困在瓦礫堆中長達好幾個小時，求救無門，她一度以爲自己是活不過來了！哪裡知道，好不容易從死神那兒逃脫回來時，卻得面對和丈夫、兒子及孫子天人永隔的事實！老太太追述往事時，數度眼眶發紅！孫女從裡屋出來，廖齊指著已亭亭玉立的女兒說：「妮妮自小和阿嬤最親，從地震逃出後，看不到阿嬤就開始哭。尋找的過程中，邊哭邊喊，直到阿嬤被救出來，足足有好幾個小時眼淚沒斷過。阿嬤就是聽到她的聲音才高喊救命的。」

就讀高中的妮妮露出難爲情的靦腆之色，撒嬌地挨著阿嬤坐下。阿嬤感嘆著：「在那之前，喊也沒人聽到，幸好孫女沒有放棄！講起來我算是命大啦！同樣住二樓，我那孫子可就是在劫難逃啦！平常都睡在三樓的，那晚嫌三樓熱，跑到二樓睡去。就這樣，樓一塌，便一去不回！眞是可憐啊！」

可憐的豈止是這個孫子！兒子、丈夫的屍體被救難人員拖出時，已經僵硬。想到他們臨終時所受的苦，家人都痛徹心肺！

談到災變的發生，大家都情緒激動了起來。有的講述現場的慘不忍睹，有的回敘緊張的心情，有的則談起地震前的異象。廖齊語帶玄機地說道：

「說起來也眞是奇怪！以往，我先生如果晚上加班，一向是不回來吃晚飯的，幾十年來都是如此。那日黃昏，不知怎地，卻破例地回家吃晚飯！我問他，他說是回來陪我公公。飯後，還爲公公剝水果，殷勤地餵他……難道冥冥之中，已經預示了父子將永訣了麼？」

廖齊的兩個孩子，一旁聽著，偶而補充著祖母、媽媽不太眞切的記憶。許多的細節，也許是因爲時間的關係，也或者因爲過度驚惶之故，似乎每人的說法都有或多或少的出入，像羅生門般。正在爭辯著，老太太突然想起：「不是有一卷錄影帶嗎？放出來看看就知道了。」

原來，一位任職無線電視台的親戚，爲她們拷貝了一卷災變當時的現場報導。廖齊的兒子奉命播映，原本播映著連續劇的電視螢幕，瞬間呈現出一片凌亂的景象。記者用哀傷的語調幾近呢喃地描述著死傷狀況。當鏡頭帶出廖齊的公公被挖出的畫面時，原本七嘴八舌爭論著的熱鬧場面，霎時安靜了下來！大夥兒都紅了眼。我建議取出錄影帶，不再看它！

電視螢幕又恢復播映光

怪陸離的連續劇，號稱「台灣鄉土劇」，卻充滿欺瞞、陷害或詭詐的劇情。彷彿寶島上每個孩子都有不可告人的曲折身世；如果不小心，十有九人會有被推下斷崖的危險；人們每天都可能在門後、窗外偷聽到可怕的詭計卻又無力制止！所有可能解開生命謎題的重要關鍵言語都因主角欲語還休而因之釀成大禍！如此悖離人生經驗的戲劇，在對照眞實人生的大痛經歷時，格外顯出它的荒謬！爲調解場面的尷尬，我轉移了話題說：「怎麼電視上成天都上演這些害人的把戲！好像這世界除了狡詐、凶惡之外，就沒剩下什麼似地！」

所有人都會心地笑起來。廖齊心有所感地回說：「是呀！怎會這樣？其實，這次地震還眞讓我們感受到許多的溫暖哪！那群大力協助救災的阿兵哥，好幾次，都想去好好跟他們致謝。只是，也不知道他們現在都在何處！……眞的！這回，阿兵哥眞是幫了好大的忙！在地震過後約四十分鐘左右，軍方救援部隊就來到了現場。他們徒手搶救，完全不顧自身的安危。如果不是他們，我眞不知道事情要如何善後！」

婆媳二人異口同聲地對軍人的英勇、熱誠讚不絕口！我問起劫後的生活，廖齊語帶哽咽地說：「眞虧得親戚朋友的幫忙，無論是精神上或物質上，都給我們很多的資助。我們才有辦法在短短的時間內又重新站起來！悲傷是難免的，但是，人總是得想法活下去嘛！是不是？」

催貨的電話鈴聲，在廖齊和我們的對話過程中，不時地響起。耽誤了大半天她幹活的時間，我們起身告辭。走到門口，廖齊若有所思地說：

「說起來，老天也是很公平的啦！我們台中一向颱風不來、水災不到，別的地方要嘛陰雨連綿，要嘛冷風颼颼，只有我們台中風和日麗。老天大約是想讓台中一次付足代價吧！」

我們一行人走過因埋設管線而被挖掘得塵灰飛揚的道路，還沒步出巷弄，一部載滿貨品的摩托車從身後竄出，急馳前去！從背影看出是廖齊！送走了我們，她得冒著溽暑，騎車送貨，繼續爲生活打拼去！在經歷九二一大地震後，台灣的各個角落都出現了類似的浴火重生靈魂，他們儘管怨天，卻不尤人，只默默地以堅韌的毅力展現出台灣的生命熱力，這才是活生生的台灣鄉土劇！可惜，電視劇似乎從來都不搬演這些！

另類的思念

從小嗜吃地瓜，至今，一聽外頭傳來烤地瓜的叫賣聲，每每仍拔足狂奔地追逐。

地瓜在我成長的那個年代，本來不是什麼希罕的東西。我的父執輩，因爲被強迫著吃了許多的「蕃薯籤飯」「蕃薯籤粥」，往往聞地瓜而色變。而我對地瓜的情有獨鍾，除了喜歡它的滋味之外，其實，也參雜了若干複雜的情緒。

小學之前，我們仍和伯叔同居於鄉下老家的四合院屋子。衆位伯父都以耕作維生，只有父親算是讀書人，因不擅耕作，所以，在鄉公所謀個公務員的差使。因爲兼營養豬副業，衆位伯母掌管的大灶裡，長年熬煮著豬食，堂兄姊對鍋裡的地瓜葉和地瓜嗤之以鼻，不屑一顧。小小年紀的我，最喜歡在伯母的廚房逡巡。幾乎每到近午或黃昏，伯母便開始起大灶，從田間摘回的地瓜葉和地瓜好像不怎麼清洗便下鍋，沸騰後，掀蓋，伯母站在灶邊的身軀幾乎被濃重的煙霧整個吃了去，有時，她們轉身看到我痴痴呆望，會提醒我：

「走卡邊去！不要去給燙到。」

烤地瓜

我多麼期待她們能賞我一個煮熟的地瓜，然而，因為她的子女對地瓜沒有好感，所以，她們也從未想到有人竟然對地瓜充滿期待，而生性靦腆的我，終究只有暗吞口水的份。唯一得償宿願的機會只有等待秋收過後的假日，孩童群集「爌窯」，分得一條被砸得變形的烤地瓜，眞是如獲至寶。

父親亦極喜烤地瓜的滋味，成家之後，回娘家之時，買上兩個香噴噴的地瓜，和父親一邊聊天、一起分享，變成父女之間極私密的甜蜜儀式。有時，黃昏時分，會隱約聽到巷弄間傳來烤地瓜的叫賣聲，父女倆總會極有默契地同時停下話語，凝神諦聽，然後，不約而同興奮地說：「快！烤地瓜的來了！」

家裡備置了烤箱後，母親偶而也會買上一袋地瓜，分批烤食，全家在午後三、四點鐘左右的下午茶時間，拿茶或咖啡以佐又香又熱的烤地瓜。父親在十年前過世，那樣溫暖的烤地瓜團聚遂成為我們兄弟姊妹最為懷念的畫面。

或者是幼年時的豔羨，也或者是思念父親的緣故，雖然，如今比烤地瓜精緻百倍的點心比比皆是，然而，對烤地瓜的忠心卻始終如一。不管何時何地，只要看到或聽到烤地瓜的叫賣，我總是迢迢奔赴；到市場裡，也不忘買上一袋地瓜。儘管因為外子和兒女完全不肯捧場，導致買來的地瓜經常淪落到發芽生根的命運，然而，我總是越挫越勇，百折不撓，兒女們老譏笑說我這是莫名其妙的「烤地瓜情結」！只有我心裡明白，這當中潛藏著對清貧生涯的悼念、對過往歲月的追懷，甚至是對父女情緣的繾綣！烤地瓜其實已不只是烤地瓜而已，它還代表著另類的思念。

青年日報副刊二〇〇一．十二．五

研究室之外

風雨助興

畫友的女兒，經過兩年夙夜匪懈的補習苦讀，終於考上大學，消息傳來，堪稱「普天同慶」。

聯考的緊箍咒像一只解不開的魔咒，幾乎沒有任何一個台灣的學子能輕易解脫它的拘執。我們眼見一位青春活潑的少女，因為沒能一舉金榜題名，而身陷不見天日的補習班裡。偶而，脫困出來呼吸新鮮空氣，見到的是一張縮得小小的臉，顏色青白、言語乏力，像個提早衰老的女子。我們雖覺不忍，卻又無可奈何，只能在餐桌上拼命為她挾菜，彷彿多吃一些就能讓她的臉色

霎時紅潤起來。

補習班裡泡了一年，沒能如願上榜，所有幫她加油的叔伯阿姨，全都義憤塡膺，咒罵聯考是狡猾的魔鬼！爲了調解沮喪的情緒，雷伯伯戲言：

「明年若是考上，鐵定得辦桌請客，乾脆請一團脫衣舞來助興！」

焦急的家長，爲了孩子的前程，連赴湯蹈火都不辭，當下一口應允。

總算不負苦心人，今年捷報傳來，朋友不拘大小都高興得紅了眼眶。脫衣舞可免，辦桌可不能省。一干友朋吵吵嚷嚷，說絕不接受餐廳、飯店的美食，一定得大火一旁呼呼作響地烹煮才算數。

宜蘭人最講義氣，當下有人伸出援手，提供寬闊場地。一邊是游泳池，一邊是紅布覆蓋的桌面接續排列。吃喝如果過熱，可翻身一躍，瞬間進入水中冷靜片刻，大夥兒都鼓掌稱慶、充滿期待。

星期六傍晚，在露天的長走道上，席開五桌，天氣意外的涼爽，一切都如預料的順利。年輕的師傅在屋前耍弄著純熟的翻炒蒸煮工夫，志同道合的朋友假祝賀之名，行騙吃騙喝的勾當。觥籌交錯，氣氛熱鬧到了極點！天色逐漸暗了下來，問題逐漸浮現。

菜，不停地上；眼力，逐漸地模糊。前面四桌猶能藉助屋內的燈光照明，我們身處的第五桌可就只能憑運氣，筷子伸出去，運回來是什麼就吃什麼了。

有人出主意，把桌子搬到大門下，靠著大門的感應器攫取斷斷續續的光明。我們輪流站到大門前跳躍或走動，以啓動感應，不但狀至滑稽，而且光亮時明時暗、撲朔迷離，一場飯吃得可謂笑料百出。然後，雨絲飄下，我們處變不驚，屹「坐」如故，沒料到，不出幾分鐘，忽然轉爲豆大的雨滴，傾斜而下。一時之間，跑的跑、逃的逃，突如其來的變故，考驗出最眞實的人性：在逃命之時，愛酒的人拎著酒瓶，疼惜好菜的人端著盤子，我則死死抱住好不容易才討來的一碗大白飯。

窗外風狂雨驟。上榜的喜悅，連風雨都忍不住前來助興！

青年日報副刊二〇〇一・八・二十九

只要一扇有白雲飄過的窗口

爲了給外子尋找一個地點方便、視野又不錯的工作室，我們看遍了方圓幾百公尺之處的所有空屋。坪數太大，買不起；價錢太高，缺乏能力。太遠，不方便；比較近的地方，價錢又貴死人。價位差不多的，通常不是建築太老舊、不安全，就是採光很差、不見天日。仲介公司的先生鍥而不捨，成天打電話來找我們去看房子。每幢待售房子，在他的口中總有說不盡的長處，如果不趕緊下定決心，一定會後悔莫及。如果不是外子一旁踩煞車，我被他唆使得幾次差點兒便衝動地下訂金。爲了找到合適的屋子，我們眞是疲於奔命。

也許是太累了，終於，在離住家不到一百五十公尺的信義路上草草決定了一間小坪數的屋子，雖然也是舊房子，可是，位居十一樓，總算有著不錯的視野。經過裝潢後，小窗放大成整面的大窗，坐在窗前，遠遠可以瞧見中正紀念堂的屋頂和屋頂上的悠悠白雲，近處是車水馬龍的信義路和川流不息的趕路人，中間一大塊被綠葉包圍的空地是金甌女中的操場，常見十五、六歲的活潑少女穿梭其間。下雨天，往窗前一站，無論是斜風細雨或風狂雨驟，都各具勝場，讓人見識大自然奇觀盛景的溫柔與壯闊。

有了新的工作室，好奇的友朋常結伴前來參觀，幾乎只要站到窗前，人人都流露出羨慕的表情，我們也不勝得意之情，感到虛榮的滿足。哪裡想到，隔不了兩年，鄰居的四層樓房居然貼出改建爲十二層樓的訊息，樣品屋很快推出，吸引了大批的顧客。我一想到即將被遮蔽的遼闊視野，悲傷得幾天說不出話來。

接著，樣品屋被拆掉，大批的

鋼筋水泥進據，挖地、灌漿、混泥土……建築工事熱熱鬧鬧展開。有一天，我往窗外一看，不覺大吃一驚！工人居然爬到半空中來了，遠遠看去，綠樹叢中，建築工人彷彿蹲在隔鄰五樓的屋脊上修繕屋頂。樓房以飛快的速度竄升，我幾度壞心眼地期待不景氣的建築業會使得工程半途而廢。然而，什麼事也沒有發生，它依然節節高升，我依然氣急敗壞。

屬於我的天空，即將被遮蔽，而我，只能束手就擒，眼睜睜看著可惡的鄰居將白雲一朵一朵吞噬。作爲一個台北人，你永遠不知道會搬來什麼樣的牛鬼蛇神當鄰居，你也永遠不會知道你將面對怎樣的環境變革？這算不算是都市人的悲哀呢？

啊！其實，我的要求不多，我只要一扇有白雲飄過的窗口。

青年日報副刊二〇〇一・八・二十

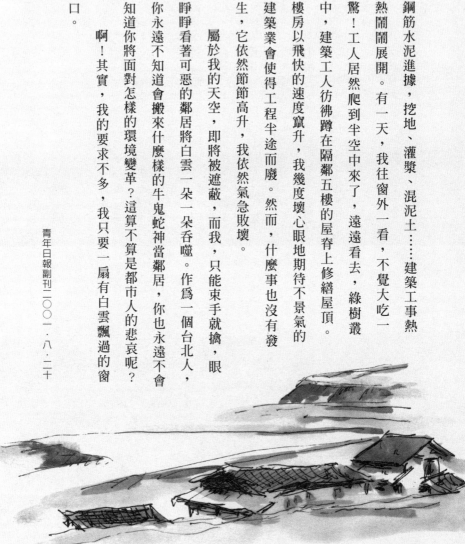

做人和做飯

中年女人煮飯時，心情最是矛盾。

經歷農業社會的老婦人，橫豎煮它一大鍋，親朋好友隨時造訪，都不愁沒飯吃！我的母親最見不得飯量拿捏得恰恰好！空空的飯鍋讓她焦慮不安。常抱怨道：

「爲啥米不多煮一些！如果臨時人客來，要安怎！」

我不停地跟她解釋衛生觀念及現代禮節：「一蒸再蒸的飯既不好吃，又不衛生。何況，客人哪會隨便就來！要來之前，會先打電話的！」

媽媽還是不放心！她們過慣了隨時被抽查般的生活，也習慣了動不動「下昭罪己」。若是一年中有一回來了個不知現代禮節的冒失客人，她們便要引爲恨事！至少從此三年內，都要讓飯鍋隨時保持「備戰」狀態！

年輕一輩的家庭主婦在煮飯這件事上也不會有任何矛盾！家電樣樣具備，卻是「雖設而常不用」，新的消費觀念加上外頭林立的飯館不斷地招手，使得她們很快向外食靠攏。基本上，新興世代對米飯的興趣便不高，洋食物充斥的肚腹，自然對米飯起了排擠效應。除此之外，西方禮節已自幼扎根，對不速之客所造成的尷尬，只有埋怨，沒有引咎的習慣。習於外食，甚至喜歡洋食物的她們，不但習慣不在家裡請客，甚至覺得終日首如飛蓬地在廚房裡忙碌，根本是愚蠢至極的行徑。最可憐的是中生代的主婦，既深受長輩溫柔敦厚的餘毒，又接受新世代西方觀念的擺佈。既節省成習，不時又不甘心地想奢侈一下；既被教導成乖順且周到有禮，可隨時又想顛覆老一輩的宰制，略略出軌一番，心情眞是矛盾！

我的母親是少數對做飯仍保持狂

熱興趣的人，晚輩怕她辛勞、不讓她做飯的體貼成爲她數落的痛惡罪行，常常北上來向我告狀。我對她覬覦廚房的野心，向來充分加以姑息，任憑她在廚房中大展身手。只是，一到台北，她每每先至傳統市場買它幾斤肥豬肉，炸它一鍋香噴噴的豬油，若有人說豬油的壞處，她必撇嘴不屑地說：「你老爸一輩子不敢吃一片肥豬肉，結果呢？七十幾歲便中風！我吃了一世人的肥肉、肥油，今年八十二，依然勇健！你敢說你就會活得比我久？」

她這麼一說，一屋子的年輕人都只能乖乖閉嘴。誰有膽保證自己鐵定活得夠久！

接下來的日子，她日日沈浸在買菜、做菜的快樂氛圍中，冰箱內塞滿了新買的及吃剩的飯菜，新仇、舊恨，經常變成一個不易醒轉的惡夢，如果不夠當機立斷，每每在她回台中後的大段日子，我們都得在舊菜堆裡打轉；如果夠當機立斷，又不免陷入奢侈、浪費的自責情緒裡。

唉！做人眞比做飯難啊！

人間福報覺世副刊二〇〇一．十．八

統一包裝之必要

韓愈寫〈祭十二郎文〉時，年未四十，卻已髮蒼蒼、視茫茫，且齒牙動搖。我年雖過半百，卻幸而還沒跟他一般衰弱。頭髮固然談不上「烏黑亮麗」，但白髮幾稀，羨煞許多同齡之人；齒牙雖然稱不上白如「編貝」，咬甘蔗、花生等硬物，也還勝任愉快。唯一遺憾，是視力明顯變化，往好處想，是越來越有「遠見」，彷彿境界日高；實際的狀況是，近處越來越形模糊，如果不戴上老花眼鏡，根本和瞎子沒大差別。

生理的變化使我逐漸對老年人產生認同感，進而有了同情的理解。也因之開始注意一切攸關老人生活的種種措施。因爲視力日益模糊，越來越需仰賴眼鏡的輔助，首先注意到的是民生日用品的問題。已經有許多次，我不是誤將兒子的頭髮定型液拿來當洗面乳用，就是將洗髮精誤認爲沐浴乳；再不然就是拿女兒的洗面乳來保養臉部。我的一位老朋友還發生過一次恐怖事件，他將香港腳藥膏往眼睛裡擠，以爲是醫生開出來的眼藥膏。兒子常常開我的玩笑，說：

「媽媽精神愉快、體健如牛，要活到一百二十歲，應該是沒什麼問題。唯一可能致命的，大概就是誤擦面霜，被活活毀容，以致悲痛而死。」

我覺得兒子的話大有道理，國家應該將此等看起來是小事的「大事」，列入優先改進的老人福利政策。否則，不曉得這個潛藏的危機將殘害多少「說老不老」的老花眼族！將他們提前終結。

我母親那個年代，浴室用品，非常單純，舉凡條狀物，不是牙膏就是洗面乳，凡是瓶裝的，不是洗髮精就是潤絲精，長相各別，不必戴上眼鏡，就能憑習慣辨識。如今，品類繁多，舉凡洗面乳、洗髮精、潤濕精、

沐浴乳、定型液、乳液、慕斯、染髮液……簡直讓人眼花撩亂！光說乳液，就分抹腳的、抹手的、抹臉的、抹眼睛周圍的、抹脖子的……若不戴上眼鏡細細端詳，怎弄得清楚！然而，若是戴著老花眼鏡四下溜達，保準你人仰馬翻，還沒因辨識不明而遇害，先就壯烈成仁。所以，如何統整這些在浴室出沒的洗臉、刷牙、護髮、美容用品，讓它們擁有各自的模樣，讓這些沒戴眼鏡便目不識丁的老人，能輕易憑民生用品各自的長相判定它的用途，我認爲是當務之急！譬如規定牙膏必須瘦身、洗面乳必須增胖，洗髮精、潤絲精、定型液必須用罐裝，而且得在罐上加上觸摸式符號，至於乳液則全部使用圓形容器，而容器身上則有手、臉、腳等觸摸式圖案。當我和朋友幾次提及浴室用品統一包裝之必要，總引來一陣大笑！

有人說：「照你的說法，乾脆回到秦朝，書同文、車同軌、行同倫！」

有人說：「你這彷彿是爲瞎子設想！哪有這麼嚴重！」

我到處宣揚這樣的觀念，爲自己的下半生未雨綢繆。我希望能在垂暮之年壽終正寢，不要因爲無意之間被毀容而痛不欲生。

人間福報覺世副刊二〇〇一．十．二十二

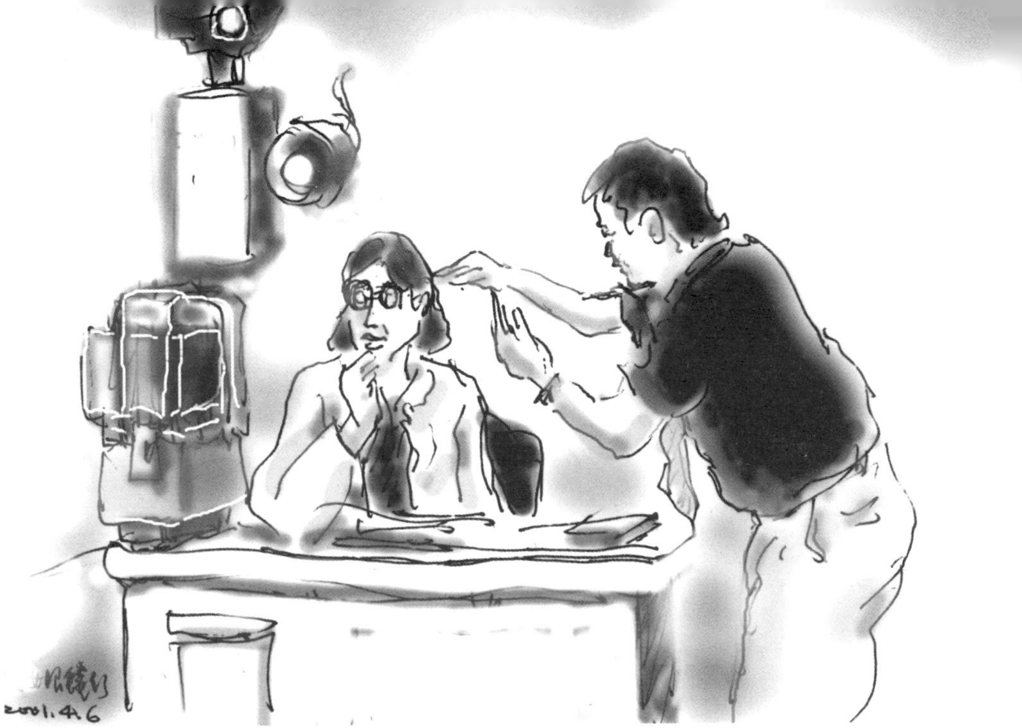

眼鏡的秘密

年輕的時候，常常羨慕戴眼鏡的朋友所流露的莊嚴寶相。剛開始任教大學時，還爲了掩飾不安的心虛，煞費周章地去配了一副黑框平光眼鏡，期待藉著一片薄薄的鏡片，增加威嚴，以隔離學生率眞、調皮的逼視。

更年輕的少女時代，在辛苦的通學生涯裡，長年在晃動車廂內和細小的文字打交道，奇怪的是，卻一直擁有傲人的一點二的眼力。但是，在這自傲的數字後頭，卻隱藏著不足爲外人道的羨慕，甚至曾偷偷立誓，一定要嫁個戴黑框眼鏡的男子，以彌補戴不上眼鏡的小小遺憾。多年之後的今天，老眼日益昏花，日日和眼鏡玩著捉迷藏的遊戲，從書房找到臥房，由臥房尋到客廳，由客廳又翻到廚房，幾乎一天的大半時間都花在找眼鏡上，這時方才知道當年的想法是多麼的幼稚天眞！

前些天，在信義路上遊走，無意間逛進一家眼鏡行，原只爲店中五顏六色、式樣又炫又酷的太陽眼鏡所吸引，誰知店裡的先生鼓動三寸不爛之舌，竟然成功地推銷了一副價値近萬的老花眼鏡給我。推銷眞是一門大學問！我從推銷員銳利的眼光中，看出人生歷練。他見我看標誌時取出眼鏡，當下判定有機可乘。以一口奇異的廣東國語，開始和我滔滔推銷一種漸層的老花眼鏡，不必又摘、又戴，既可應付閱讀、也能戴著走路。

他說：「如此一來，你就可以不再摘摘、戴戴，既不用成天找眼鏡，也不會因此暴露年齡的秘密。」

啊！眞是深得我心！每回在大庭廣衆之下演講，眼鏡時摘時戴地，總是引發觀衆的疑問：「教授戴的是老花眼鏡嗎？我們以爲教授還很年輕哪！怎麼就……」

儘管打扮得再妖嬈，一取出眼鏡，年輕

的形象便毀於剎那。

耐人尋味的是，年少時，無須戴眼鏡卻刻意戴上眼鏡，希望眼鏡能為青澀的資歷添加厚重的質感；年紀大了，需要戴眼鏡，卻又百般不願戴眼鏡，只為眼鏡會在無意間透露年齡高大的秘密。

年少時希望快快長大，年老時期待永遠青春，人們似乎常常無法安於現狀，這也許是人生最大的無奈吧。

中央日報副刊二〇〇一·四·二十

醫院一隅

「去做個檢查吧！比較放心。」

醫生看著我，似徵詢，又似命令地說。也不等我有任何反應，他便在一張單子上又勾又寫地，幫我做了決定。胃痛已非短暫時日，每回吃過飯後不多久，胃部便升起悶痛沈滯的感覺。家人受不了我成天哇哇嚷痛，再三催促無效後，便像犯人般，只差沒五花大綁地將我押解到醫院。醫生望聞問切，並在簾後觸診過後，判定需接受進一步的檢查。

原先只抱著大不了吃吃胃藥便告完事的我，忽然有些害怕起來。莫非醫生在觸診時

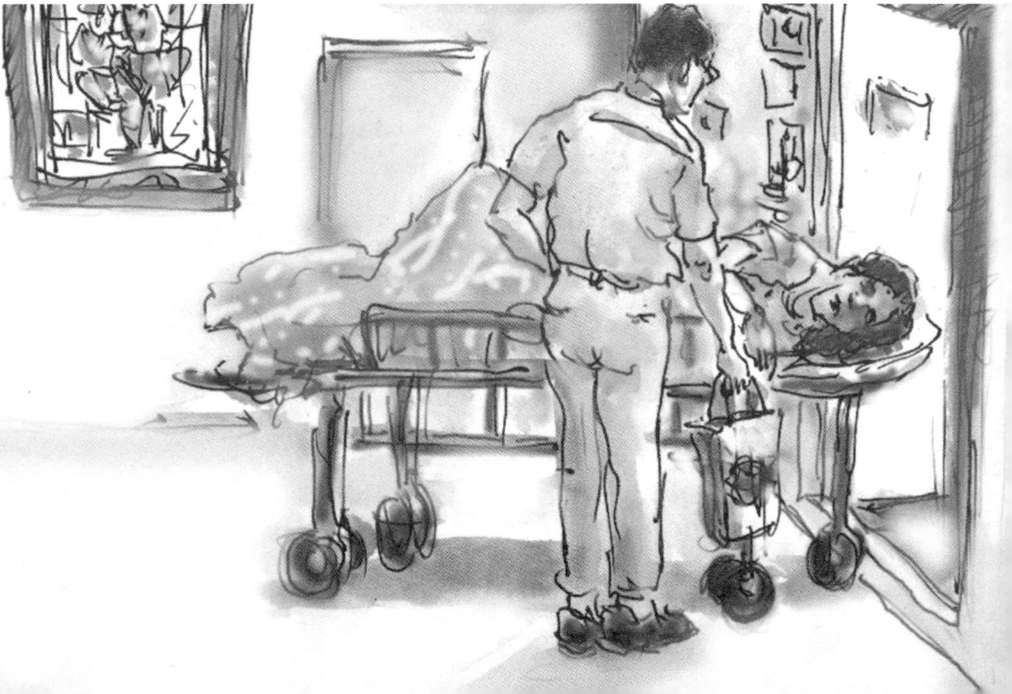

有什麼樣不好的發現？什麼叫「進一步的檢查」？我想起陪姊姊去照胃鏡時，她痛不欲生的情景，不禁擔心起來。所謂「進一步的檢查」指的就是照胃鏡嗎？排檢查日期的醫護人員在窗口內耐心地向我說明三天過後的檢查須知，我卻只關心檢查的實質內容。她的回答有些曖昧：「不是照胃鏡。」可到底是什麼？「你去了就知道了，我說了你也不明白。」瞧她說的什麼話！好像我是個愚夫愚婦似的，可也沒法子，我只好悶悶地回家，等候以血肉之軀來揭曉眞相。

三天後，我一大早領了檢查序號，換了粉紅色制服，便乖乖在候診室裡候著。旁邊一位等著照超音波的婦人在丈夫陪伴下，躺在病床上呼天搶地的哭喊著疼，攪得我的心緒大亂。一位約莫六十餘歲的男人先我而入，不多久，一陣陣嚴厲的聲音透過麥克風不斷從檢查室裡傳出：

「右轉四十五度！不是左轉，是右轉啦……喝一口，趴下！趴下！唉呀！不是叫你趴下嗎？趴下聽不懂嗎！再喝一口，趕快向左轉十五度，啊！不要那麼過去啦！再向右轉一點，右！右邊！眞是，你到底聽懂沒……」

聲音一聲淒厲過一聲！到底在搞什麼！好像正上著軍訓課一樣。終於，男人在門口出現，白色的汁液從唇邊流淌到下巴頦兒，服裝不整，外加眼神飄忽，彷彿剛剛被從十八層地獄搶救回來般狼狽。他尷尬地朝我苦笑，埋怨道：「恁娘咧！講國語做啥米！根本就聽無！一時啥米『右轉』，一時又擱『趴下』，誰知十度是多少？乎伊逼到團團轉！喝那種嗆鼻的汽水，哪會馬上吞得下去，開玩笑！」

我終於稍稍有了概念，原來是喝汽水、吞石膏、翻來覆去照X光。輸人不輸陣！我決定不能像他一樣讓那位負責操作機器的年輕人看扁，一定得把動作做得迅速、確實，每一環節都無懈可擊，讓他見識一下什麼叫做「巾幗英豪」！

麥克風傳出我的名字，我雄壯威武地上場。年輕人先將一包粉狀物放入我的口中，交代我：等候一聲令下，便將手中的水倒入口裡，然後聽命行事。我信心滿滿，驕傲地點頭。哪知，水一倒入，我「哇！」地一聲便吐了一地，在年輕人皺眉、睨視的鄙夷眼光中悽慘地敗下陣來！一世英名，終於毀於一旦！

年輕人顯然嚴重缺乏同情心，他不再看我，只揮手示意我出去休息，並逕自喊著：「下一位！王美麗。」

青年日報副刊二〇〇一・十・二十

想望以飢腸征服夜市

飛機抵達高雄時，已接近黃昏。對大飯店歐式自助餐毫無節制的吃食感到極度厭倦的我，在放下行李後，隨即建議到高雄知名的六合夜市看看。坐上計程車，我興奮地開始規劃晚餐，希望能吃遍朋友推薦的各色有名的小吃。計程車司機聽說了，熱心地又爲我們補充了幾樣，臨下車之際，甚至不辭麻煩地將他推薦的攤位地點畫在紙上遞給我們，說：

「別看每攤賣的東西攏差不多！口味差很多哦！恁從台北來，不能讓你們吃不對，以爲阮高雄沒啥米好東西！恁照我畫的圖一攤一攤去吃，包穩你吃到歡歡喜喜！」

還沒吃到好食物，先就遇上好人情！我對高雄的印象瞬間加了好幾分。

約莫是如司機所說，時間還太早了，夜市顯得有些冷清。非但吃客少，連攤位都顯得寥落，有些店家才開始排桌椅，或從小貨車裡取出等著烹煮的食物。然而，也有一些攤位已經擺開陣勢，對著稀稀落落的遊客大聲吆喝！難得到夜市一趟，我們決定謹慎行事，不輕易落座。按圖索驥，我們先行繞街一周後，發現司機是位老饕，他所中意的店家，不是藥膳，就是高膽固醇食物，口味十分濃稠，和我們慣常的飲食不大相合。於是，我們將那張指示圖放進皮包內，把司機的好意擺在心裡，就在一家熱炒店前停駐。

店裡沒有別人，只有一位沈默的男子好整以暇地站在攤子後。見到我們，露出靦腆的笑容，取出大杓，將我們點的東西一一放進各個杓內後，便不發一語地進行火光四射的烹煮活動。我們尋了個位置坐下，看老闆左手提著鍋柄、右手拿著鏟子，一次又一次地猛烈翻炒，手腳俐落無比。而一部小小的流動車內，最大容量的鍋碗瓢盤層層疊疊被整理得井井有條，整個攤子顯得乾淨結實，很讓客人對它的衛生感到放心。

一邊等待，一邊眼睛四下瞟著，盤算著下一個光顧的攤位。熱騰騰的飯菜在不旋踵間陸續推出，味道極好！花枝有花枝的韌性，鴨腸有鴨腸的爽脆，青菜則有它青翠的堅持，酸菜蚵仔的湯頭更是鮮美得無以復加！我們邊談邊吃，光一個攤位吃下來，就已經感到無限的飽足，眼睛雖然依舊貪婪地到處張望，肚子卻已不勝負荷。沒料到一心想望以飢腸征服夜市的我們，一會兒工夫便被這位沈默男子的手藝給馴服了。

青年日報副刊二〇〇一．十一．七

研究室之外

學校研究室位於十一樓，有著寬闊晶亮的大片玻璃窗。站在窗前往下看，是隱身在綠樹間的一片紅、黑交錯的低矮屋瓦；往遠處望，則是緊貼在藍天上的高聳樓宇。農業與工業、城市與鄉村，判然不同的景觀同時裸陳，往往讓我產生一種時光錯置的恍惚，分不清到底今夕何夕。

電腦桌緊鄰著窗子，未免螢幕反光，大多時候，我總是緊掩窗扉，讓厚厚的窗簾將刺眼的陽光阻擋在外。通常，我在室內做著人師的工作，或者面對電腦螢幕、搜盡枯腸，只爲寫作一篇不知道有無意義的論文，任憑參考資料氾濫成災；或者開著微弱的燈光，傾聽學生解不開的悠長心事，不自禁跟著涕淚漣漪；或者和學生滔滔闡述課業和人生的難題，因而陷入邏輯和人情的糾纏拉扯；也或者是接受報章雜誌的訪問，娓娓傾談公共議題或個人心情。

電腦關閉或學生、訪客離去，並不代表事件終了，卻往往才是問題的開端。接踵而來的苦思長考或鬱卒不得自解的時刻，我習慣拉開窗簾，讓窗外紅、綠、黃、黑和大塊的藍交揉的景致躍入眼簾。大自然四季不同的容顏是藥性溫和的治療劑，它似乎總能及時提供提神醒腦的神奇效用。

解鈴還需繫鈴人

在抉擇的關卡輾轉反側的學生希望和我談談，我們約在我的工作室裡。

寬闊的大玻璃窗，面對著隔鄰正在施工的建築，幾個工人攀爬在鷹架上，顫巍巍地工作著。天空很藍，是個晴朗有風的日子，工人卻不時用掛在脖上的毛巾擦拭著汗水。我們坐在充滿冷氣的屋內聊著，學生紅著眼眶談到學業追求和人際探索所遭遇的困境，臉上寫

滿了對人生的困惑。我認眞地傾聽，雖然偶而幫她補足未盡的語意，卻對她所提出的疑問沒有圓滿解答的把握：「總覺得沒能夠把握考試的要點，往往比別人花更多的時間，卻只能拿到少少的分數……同學之間的相處也是這樣，明明對人家掏心掏肺，可是，有了不同意見時，竟連最好的朋友都不跟我站在同一邊，想起來心好酸……」

「在這樣的情況下，我不知道繼續念下去有什麼意義！可是，不念下去，又能怎麼辦？有時感覺好孤單，人在異鄉，舉目無親……」

我盡量按照心理學的理論，一邊本著同理心，接受她沮喪的心情；一邊釋放感情，期待讓她感受些許溫暖；一邊又得旁敲側擊，希望能幫她找出問題的癥結所在。然而，學業的困擾容易解決，人際的滯塞恐非一時半刻得以舒緩。尤其，種種跡象顯示，學生的問題和我時常所遭遇的困境似乎沒有兩樣。心腸軟、不善拒絕的個性，經常把自己推向泥沼之中，搞得灰頭土臉。雖然對此種性格上的懦弱有著深刻的體悟，卻對事情的改善無大幫助。我很想向她坦言，即便是已然步入不惑之年的我，依然經常和她一樣窘態畢露、難以克服，卻顧忌著人師的身分而有所保留，只喬裝出思慮沈吟的表情，琢磨如何加以開解。

學生說了又說，似乎正進行著自我的整頓，我微笑以對，鼓勵她暢所欲言。屋內，韋瓦第的音樂流洩，甜蜜的音符將氣氛扭轉成和緩，學生的眼睛逐漸不再含淚。一會兒，兩人遂都同時沈默了下來，不知該再說些什麼！不約而同的，都將眼光移向窗外。鷹架上的工人彷彿正略做休息，一邊對嘴喝水，一邊彼此交談著，抬眼看到坐在窗前的我們，其中一人竟朝我們揮手致意。年輕的學生霎時紅了臉，轉頭看我，我則大方地揮手回敬。學生若有所思，說：

「遠在南部的爸爸也同樣是位水泥工人哪！不知道今天有沒有活兒幹？聽説已有多日賦閒在家……不景氣，找不到幾個施工的工程！」

「很辛苦的啊！是嘿？在大太陽下。」我意有所指地補充著。

學生不再說什麼，只低聲告辭。走到門邊，忽然轉過身來，靦腆地要求一個擁抱，我欣然熱情回應，恍然間，似乎感覺有幾滴清淚不小心落在我裸露的手臂上。

人間福報覺世副刊二〇〇一・十二・三

思想起

在台北古亭的河濱公園裡，恆春民謠宗師陳達和他的月琴一起沐浴在夕陽餘暉中。

遠遠的，是淡水河。那樣寂寞的背影彷彿預示了些什麼！讓人看了要紅了眼眶。這時的陳達，到底思想起了什麼？

一九六七年，音樂家史惟亮的發掘，是紅目達仔陳達生命的轉捩點。他從步履蹣跚的一級貧民，一躍而成爲媒體寵兒，到台北的西餐廳駐唱並走紅民間。人們至今仍然疑惑，這樣的轉變對他而言，是

幸？抑或不幸？台北的五光十色，讓人目眩神移！但對六十二年來都窩居純樸鄉間的老人而言，雖然收入豐厚了，但每天被帶來帶去地趕場，毋寧是讓人極度厭倦的吧？這樣的繁華可能也正是他精神嚴重受創的源頭。陳達七十二歲時，發行了第一張名爲《民族樂手陳達和他的歌》的唱片。據說當時的他，已罹患精神妄想症。其後，更曾獨自從恆春流浪到台北，在遊盪街頭時還被送進精神病院。一九八一年四月，陳達於屏東楓港搭車返回恆春，在橫越馬路被車撞倒，送醫不治。他的一生，就好像許常惠聽到他的音樂時所說的：拿起一把破舊的月琴，唱出那讓人啼泣的歌聲……

也許，就像很多人說的，他眞的不該來台北！

看似安靜的屋宇

沒有了雲，台北像缺了帷簾的閨房，忽然門戶洞開！從上空俯視，裸露出來的，不僅是鋼筋水泥的結構，甚且是硬體結構內蛛網糾結的人情。有多少的秘密藏身在這一幢幢的建築內？有多少的恩怨埋伏在陰暗的角落？又有多少的勾結像連接的道路般無遠弗屆！

不管是什麼年代，看似安靜的屋宇內，都有無數跳動的脈搏在低血壓與高血壓間激烈跳躍，心理和生理一樣，有著屬於各自的困境！血壓太低和太高都意味著危險。於是，芸芸衆生就在樓跟樓之間苦

思連結或解套的良方，每一戶人家因之都有屬於自己降壓或升壓的愛恨交纏。西區的痴狂少年可能正困擾著東區的中年雅痞；北區淵源流長的違建也可能正考驗著南區公僕的智慧；而中正特區的總統爲了久遠前的一宗海軍命案正傷透腦筋！而無論如何，台北人似乎總能處變不驚，就像總統說的：就算動搖國本也要辦下去！生活就是這樣，好死不如賴活！

城隍爺遊大街

熙攘的人群和喧闐的樂音，霞海城隍廟的聖駕出巡了！

無論是何時，充滿禁忌抑或戒嚴解除，神明的地位一貫地高高在上。父權被顛覆、政權被解構，僅存的一點威權，不小心被拋棄到法院宿舍前的一只圓球上。

時代走著走著，前方的道路忽然豁然開朗起來！然而，高腳七才不管！揮舞著寬大的衣袖，佔據著大路，喝道：走開！聖駕來了！於是，鋪滿乾貨的迪化街霎時間人山人海。助產士也慌忙洗淨了手，出來湊熱鬧！孩子跟著聖駕，忽前忽後地追逐；戴著斗笠的信徒一路連綿到看不見的遠方，不管敲鑼打鼓抑或肩負重擔，個個一臉莊重。傾斜的屋頂像鞠躬的朝聖姿態，萬民有罪，彷彿盡在這深深的一鞠躬裡得到救贖！

莫非久居矮廟的城隍爺也怕寂寞？也喜歡遊大街？逛逛張燈結綵的迪化街！

聯合文學二〇〇一・十一

2001.11.15

當代名家
一本燦爛

2002年6月初版　　定價：新臺幣220元

著　　者　廖玉蕙
繪　　圖　蔡全茂
發行人　劉國瑞

出版者　聯經出版事業公司
臺北市忠孝東路四段555號
台北發行所地址：台北縣汐止市大同路一段367號
電話：(02)26418661
台北忠孝門市地址：台北市忠孝東路四段561號1-2樓
電話：(02)27683708
台北新生門市地址：台北市新生南路三段94號
電話：(02)23620308
台中門市地址：台中市健行路321號B1
台中分公司電話：(04)22312023
高雄辦事處地址：高雄市成功一路363號B1
電話：(07)2412802
郵政劃撥帳戶第0100559-3號
郵撥電話：26418662
印刷者　世和印製企業有限公司

責任編輯　顏艾琳
校　　對　陳維信
整體設計　莊祐銘

行政院新聞局出版事業登記證局版臺業字第0130號

本書如有缺頁，破損，倒裝請寄回發行所更換。
聯經網址 http://www.udngroup.com.tw/linkingp
信箱 e-mail:linkingp@ms9.hinet.net

ISBN　957-08-2418-2（平裝）

國家圖書館出版品預行編目資料

一本燦爛 / 廖玉蕙著．蔡全茂繪圖．
--初版．--臺北市：聯經
2002年（民91）
200面；14.8×21公分．（當代名家）

ISBN 957-08-2418-2(平裝)

855 91005481

聯經出版公司信用卡訂購單

信用卡別：　□VISA CARD　□MASTER CARD　□聯合信用卡
訂購人姓名：　＿＿＿＿＿＿＿＿＿＿＿＿＿＿＿＿＿＿＿＿
訂購日期：　＿＿＿＿＿年＿＿＿＿＿月＿＿＿＿＿日
信用卡號：　＿＿＿＿＿　＿＿＿＿＿　＿＿＿＿＿　＿＿＿＿＿
信用卡簽名：　＿＿＿＿＿＿＿＿＿＿＿＿＿(與信用卡上簽名同)
信用卡有效期限：　＿＿＿＿＿年＿＿＿＿＿月止
聯絡電話：　日(O)＿＿＿＿＿＿＿＿＿夜(H)＿＿＿＿＿＿＿＿＿
聯絡地址：　□□□＿＿＿＿＿＿＿＿＿＿＿＿＿＿＿＿＿＿＿＿
訂購金額：　新台幣＿＿＿＿＿＿＿＿＿＿＿＿＿＿＿＿＿＿元整
（訂購金額 500 元以下，請加付掛號郵資 50 元）

發票：　□二聯式　□三聯式
發票抬頭：　＿＿＿＿＿＿＿＿＿＿＿＿＿＿＿＿＿＿＿＿
統一編號：　＿＿＿＿＿＿＿＿＿＿＿＿＿＿＿＿＿＿＿＿
發票地址：　＿＿＿＿＿＿＿＿＿＿＿＿＿＿＿＿＿＿＿＿
如收件人或收件地址不同時，請填：
收件人姓名：＿＿＿＿＿＿＿＿＿＿＿＿＿＿＿＿□先生 □小姐
聯絡電話：　日(O)＿＿＿＿＿＿＿＿＿夜(H)＿＿＿＿＿＿＿＿＿
收貨地址：　＿＿＿＿＿＿＿＿＿＿＿＿＿＿＿＿＿＿＿＿

・茲訂購下列書種・帳款由本人信用卡帳戶支付・

書名	數量	單價	合計
		總計	

訂購辦法填妥後
直接傳眞 FAX：(02)8692-1268 或(02)2648-7859
洽詢專線：(02)26418662 或(02)26422629 轉 241

當代名家系列

●本書目定價若有調整，以再版新書版權頁上之定價為準●

白水湖春夢	蕭麗紅著	300
千江有水千江月(長篇小說)	蕭麗紅著	280
不歸路(中篇小說)	廖輝英著	220
殺夫(中篇小說)	李　昂著	200
桂花巷(長篇小說)	蕭麗紅著	280
法網邊緣	黃喬生譯	380
狂戀大提琴	利莎等譯	350
海灘	楊威譯	350
台北車站	蔡素芬著	180
回首碧雪情	潘寧東著	250
臥虎藏龍：重出江湖版	薛興國改寫	180
多情累美人	袁瓊瓊、潘寧東著	250
夕陽山外山：李叔同傳奇	潘弘輝著	250
八月雪：三幕八場現代戲曲	高行健著	150
靈山	高行健著	平320 精450
一個人的聖經	高行健著	平280 精400
周末四重奏	高行健著	150
沒有主義	高行健著	250
變色的太陽	楊子著	200
紅顏已老	蘇偉貞著	170
世間女子	蘇偉貞著	180
陌路	蘇偉貞著	220
臨水照花人	魏可風著	250
窄門之外	張墀言著	250
綠苑春濃	林怡俐譯	280
尋找露意絲	西零著	180
天一言	程抱一著	280